ro
ro
ro

WEIHNACHTS-
GESCHICHTEN
AM KAMIN

38

Gesammelt von
Barbara Mürmann

Rowohlt Taschenbuch Verlag

Originalausgabe
Veröffentlicht im Rowohlt Taschenbuch Verlag,
Hamburg, Oktober 2023
Copyright © 2023 by Rowohlt Verlag GmbH, Hamburg
Redaktion Mattes Daugardt
Covergestaltung Cordula Schmidt Design, Hamburg
Coverabbildung Daniel Rodgers/Advocate Art
Satz aus der Minion Pro
bei Pinkuin Satz und Datentechnik, Berlin
Druck und Bindung CPI books GmbH, Leck
ISBN 978-3-499-01298-3

Vorwort

Bei uns im Wohnhaus schleichen in der Nacht zum sechsten Dezember Nikoläuse durch das Treppenhaus, um vor jede Wohnungstür ein paar Naschereien zu legen.

Auch ich bin eine «Nikoläusin» und erinnere mich an ein Jahr, in dem das Licht im Treppenhaus gerade wieder erlosch, während ich eine Treppe tiefer schleichen wollte. Ich hielt mich am Geländer fest und tastete mit der freien Hand nach meiner Taschenlampe, als sich plötzlich eine fremde Hand auf meine legte. Was für ein Schreck! Und zwei – immerhin gedämpfte – Aufschreie. Ich schaltete endlich die Taschenlampe an und stand quasi Nase an Nase einem Nachbar-Nikolaus gegenüber, der die letzten Stufen im Dunkeln hochgeschlichen war.

Es war nur Glück, dass bei unserem nun einsetzenden Gelächter nicht der Rest der Nachbarschaft die Türen öffnete, und so konnten wir beide, noch immer lachend, unsere Süßigkeiten verteilen.

Bestimmt haben auch Sie schon vieles in der Weihnachtszeit erlebt. Vielleicht lohnt es sich, diese Geschichten aufzuschreiben und an mich zu schicken. Die Adresse finden Sie hinten im Buch. Ich freue mich *alle Jahre wieder* auf Ihre Einsendungen.

Barbara Mürmann

Krippenspiel und Badekappe

Rita Kusch

«Advent ist im Dezember!» Unter diesem Motto hat die Evangelische Kirche in Deutschland dazu aufgerufen, die Adventszeit als Zeit der Einkehr, der Besinnung und Ruhe zu gestalten, und zwar nicht schon nach den Sommerferien. Das ist zwar ganz in meinem Sinne, aber nicht immer und überall möglich. So ist das zum Beispiel mit dem alljährlichen Krippenspiel schwierig. Ich möchte am liebsten erst im Dezember mit den Proben beginnen, aber das ist definitiv zu spät. Bis dahin wird Josef seinen Text nicht gelernt haben, die Hirten haben nicht begriffen, von welcher Seite sie kommen sollen, und Maria wird ganz bestimmt das Sofakissen verlieren, das ihre Schwangerschaft vortäuschen soll. Also muss ich die ersten Proben wohl oder übel für den späten Sommer oder frühen Herbst ansetzen.

Deswegen liegen der Text für das Krippenspiel und der Hirtenstab direkt neben der nassen Badekappe, mit der Emma und Thilo eben noch aus dem Schwimmbad gekommen sind. Der Satz «Herr, es ist so kalt draußen, lass mich doch ein» hält sich wacker in jedem Krippenspiel, obwohl es im Dezember in Israel so um die 15 Grad sind. Und für diejenigen, die gerade aus dem Freibad kommen, ist der Satz doppelt komisch. Egal, er muss gelernt werden.

Das erste und vielleicht sogar schwierigste Problem beim Krippenspiel ist, die dazu geeigneten Kinder und Jugendlichen zu finden und zu motivieren. Denn sehen Sie, es ist ja so: Emma will nur mitspielen, wenn auch Angelina mitmacht. Ole macht nur mit, wenn Thilo nicht mitmacht, und Oskar will auf keinen Fall einen Hirten spielen. Die Rolle der Maria zu besetzen, ist dann besonders einfach, wenn ich für den Josef den beliebtesten Jungen des Ortes gewinnen kann, in den alle Mädchen bis zum Atemstillstand verliebt sind. Bei dem gemeinsamen Weg nach Bethlehem würde sich doch sicherlich die eine oder andere Gelegenheit ergeben, sich näherzukommen.

Ich merke bei der Zusammenstellung der Mannschaft immer wieder, dass ich, gerade was den Engel angeht, doch sehr traditionsbehaftet bin. Für mich muss ein Engel blonde Haare haben, und lang müssen sie sein, lang und lockig. Gendern hin, gendern her – mein Engel ist ein Mädchen. Die Stimme muss sanft und voll klingen, gerade wenn der Engel sagt: «Fürchtet euch nicht!» Das darf auf keinen Fall wie ein Blecheimer klingen.

Bei dem Kompromiss, den ich dieses Jahr notgedrungen eingehen muss, kommt ein rothaariges, superdünnes Mädchen heraus, das aber eine schöne Stimme hat und ihren Text im Nullkommanix auswendig kann. Auch für ihr Kostüm hat sie schon eine Idee. Hierbei handelt es sich um ein langes, weißes Strandkleid, das an der rechten Seite einen Schlitz hat, der … na, Sie wissen schon: viel Bein zeigt. Um das wiederum zu kaschieren, hat sie sich weiße

Seidenstrümpfe besorgt, natürlich auf meine Kosten. Dabei fiel ihre Wahl auf solche Strümpfe, die oben eine Spitzenbordüre haben, die man am Bein festklemmt. Die Folge ist, dass wir zwei Zimmer zum Umkleiden brauchen werden, sonst sind Josef und die Hirten zu sehr abgelenkt. Den weiten Ausschnitt des Kleides möchte sie durch eine ebenso weiße Federboa verdecken. Hoffentlich kann ich ihr den Lippenstift ausreden!

Um die restlichen Kostüme kümmern wir uns erst später. Wer will schon bei 25 Grad Außentemperatur ein warmes Schaffell tragen? Ich werde noch genügend Mühe damit haben, Maria das rote Kleid schmackhaft zu machen, Josef den braunen Sack und den Hirten die Schlapphüte und die Laterne.

Einige Mühe macht es mir zudem, den Kindern und Jugendlichen die Singsangstimmen abzugewöhnen. «Sieh da! Ein Stern! Er leuchtet hell! Was hat das zu bedeuten?» Dabei wird penetrant jeweils das letzte Wort betont.

Sozusagen alle Jahre wieder versuche ich, den Spagat hinzubekommen zwischen allzu starren Text- und Regievorgaben, will den Mitspielenden selbst Entfaltungsmöglichkeiten und Ideen zugestehen, aber wenn dann Maria zu Josef sagt: «Josef, mach mal das Licht an, ich glaube, ich habe ein Kind bekommen!», dann muss ich doch wieder beherzt eingreifen, sonst giggeln sich an dieser Stelle alle echten Mütter weg, und man wird von dem Text kaum mehr etwas verstehen können.

Die Lautstärke und die Betonung sind mein größtes Problem. Ich bemühe als Beispiel immer wieder die alte Dame, die in der letzten Reihe sitzt, schwerhörig ist und doch auch etwas verstehen möchte. Paul bemerkt daraufhin nur ganz trocken, wenn die alte Dame so schlecht hören könne, solle sie sich doch nach vorne setzen. Auch die Bitte, dass dem Publikum, das in einem Krippenspiel Gemeinde genannt wird, niemals der Rücken zugekehrt werden soll, bedarf der mehrfachen Wiederholung.

Wenn der Text irgendwann einigermaßen sitzt, kommen wir zu den Feinheiten, die etwa aus den passenden Gesten an den passenden Stellen bestehen könnten. Bei dem klangvollen Satz: «Merkt ihr denn gar nicht, dass der ganze Raum von Frieden, Licht und Stille durchflutet ist?», der aus meiner Feder stammt und den ich besonders liebe, stelle ich mir vor, dass einer der Hirten in einer weit ausholenden Geste durch den ganzen Stall zeigt. Er sagt den Satz aber wie aus der Pistole geschossen und peitscht dann einmal mit seinem Arm in Turbogeschwindigkeit durch die Luft.

Auch der Umgang mit den Requisiten will geübt sein. Josef will für den langen Weg von Nazareth nach Bethlehem unbedingt seine Thermoskanne mitnehmen, und es kostet mich einiges an Überzeugungskunst, ihm klarzumachen, dass es diese hilfreiche Erfindung damals noch gar nicht gab. Auch das Ausrufen des Befehls, sich in die eigene Heimatstadt zu begeben, was nach der biblischen Geschichte durch einen Herold des Kaisers Augustus erfolgt sein soll, könnte doch viel schneller durch eine WhatsApp verbreitet werden.

Dass ich für das Auffinden des richtigen Weges durch das Gebirge die Nutzung von Google Maps nicht erlauben werde, ist schon mal klar. Und ein Handy ist sowieso nicht gestattet. Sogar ausgeschaltet soll es während der Proben sein. Wie hinterwäldlerisch das denn sei? Ole hat das doch glatt vergessen, wirklich ganz aus Versehen. Also klingelt sein Handy. Passend zum Geschehen hat er das Schreien eines kleinen Babys als Klingelton. Dran ist seine Mutter, die ihn nur daran erinnern will, nach der Probe noch ein halbes Pfund Mettwurst vom Schlachter fürs Abendessen mitzubringen. Nach diesem Telefonat dauert es erst einmal wieder, die Motivation und Aufmerksamkeit meiner Krippentruppe auf unser gemeinsames Anliegen zu richten.

Andererseits helfen gerade solche Ereignisse dabei, die Geburt im Stall als etwas ganz und gar Menschliches erscheinen zu lassen, bei der zwar Gott selbst zur Welt kommt, das aber eher unspektakulär, wenn nicht gar armselig.

Und ob Sie's glauben oder nicht, bei der Aufführung am Heiligen Abend wird alles ganz anders sein. Der Text sitzt, die Kostüme strahlen mit den Gesichtern um die Wette, die Gesten passen, und der ganze Raum ist von Frieden, Licht und Güte durchflutet. Das merkt jeder und jede. Jawohl.

Omas Weihnachtsüberraschung

Jeanine Rudat

Mama, ist das dein Ernst?» Missmutig kaut meine vierundzwanzigjährige Tochter auf einem Vanillekipferl herum. «Ich bin extra schon zum dritten Advent nach Hause gekommen, und hier ist weder geschmückt, noch gibt es selbst gebackene Kekse. Nur dieses viel zu süße Zeug aus dem Supermarkt.» Louisa schaut mich anklagend an, während sie sich auf unser cremefarbenes Sofa lümmelt.

Ich atme einmal tief durch und versuche, ruhig zu bleiben. Aber so richtig will mir das nicht gelingen. Zu viel ist dieses Jahr passiert. Im Frühjahr ist meine Mutter verstorben, und im Sommer ist meine Tochter für ihr Masterstudium nach Barcelona gezogen. Die Sehnsucht nach zwei meiner Lieblingsmenschen ist nach wie vor so groß, dass ich weder Louisas Kinderzimmer noch Oma Inges Einliegerwohnung in unserem Haus ausgeräumt habe, obwohl mein Mann Christoph mir damit schon seit Monaten in den Ohren liegt. Er möchte in Oma Inges Wohnung sein Büro einrichten und Louisas Raum endlich zu einem Gästezimmer umfunktionieren.

«Erde an Mama! Hörst du mir eigentlich zu?»

«Ja, tut mir leid, aber du weißt doch, dass Oma Inge immer gebacken hat. Das Gen hat sie leider nicht an mich weitergegeben. Und an dich auch nicht, wenn ich mich an die verkohlten Pfeffernüsse erinnere, die du vor drei Jahren gebacken hast.»

Jetzt müssen wir beide lachen. Louisa kommt zu mir herüber und nimmt mich in den Arm. «Mama, es tut mir leid. Das sollte kein Vorwurf sein. Ich weiß, wie sehr du Oma vermisst. Das tue ich auch. Aber sie hat Weihnachten immer so gemocht, und dank ihr war es hier im ganzen Haus immer so gemütlich zur Adventszeit.»

Meine Mutter hatte in der Tat ein Händchen dafür, Weihnachten zur schönsten Zeit des Jahres zu machen. Jedes Jahr im Dezember hat sie einen Adventskranz gebastelt, früher mit mir, später mit Louisa zusammen. Auf den Ecktisch neben der Couch hat sie die uralte Familienkrippe gestellt und auf das Fensterbrett den Schwibbogen, den ihr Urgroßvater aus dem Erzgebirge selbst geschnitzt hat.

«Was machen wir denn jetzt? Oma Inge hätte bestimmt nicht gewollt, dass es dieses Weihnachten so trostlos zu Hause ist.»

Ich sehe, wie es hinter der Stirn meiner Großen arbeitet.

Energisch steht Louisa auf. «Komm, wir schmücken jetzt das Haus. Und wenn Papa nach Hause kommt, wird er Augen machen!»

Das ist meine Tochter, denke ich stolz. Nie lässt sie sich unterkriegen oder suhlt sich in schlechter Stimmung, sondern packt die Dinge an. Das hat sie definitiv von meiner Mutter geerbt, die war auch so ein fröhlicher Mensch.

Ich wische mir verstohlen eine Träne aus dem Augenwinkel und freue mich, dass Louisa da ist und wieder Leichtigkeit in unser Haus bringt. Viel zu lange habe ich mich in meiner Trauer um meine Mutter vergraben und mein leeres Nest beklagt. Jetzt ist Schluss damit.

«Ich schlage vor, du gehst in den Keller und holst die zwei Kisten mit dem Weihnachtsschmuck hoch und gerne auch schon den Weihnachtsbaumständer, und ich backe Weihnachtsplätzchen.»

«Du willst backen? Na ja, immer noch besser als ich», antwortet mir meine Tochter grinsend. Woher sie diese Zuversicht nimmt, ist mir schleierhaft.

Eine Stunde später hole ich bereits das vierte Blech Butterplätzchen aus dem Ofen. In Ermangelung an Ausstechförmchen habe ich einfach ein Sektglas genommen. Wenn ich die Kekse noch verziere, sehen sie aus wie Smileys. Ich bin richtig stolz auf mich. Jetzt müssen sie nur noch schmecken.

Louisa kommt wieder herein und hat einen Teelichthalter mit Schneeflocken darauf in der Hand. «Ich habe im Keller nur eine Kiste mit Weihnachtssachen gefunden. Also nur die von dir und Papa. Omas Kiste stand da nicht.»

«Das ist komisch, Oma hat die eigentlich immer wieder ordentlich weggeräumt, sobald Weihnachten vorbei war. Ich dachte, Christoph hätte sie letztes Jahr wieder für sie heruntergetragen. Hast du schon bei Oma in der Wohnung geguckt?»

«Nein, aber gute Idee. Da gehe ich gleich mal schauen. Hm … Die sehen ja gut aus, sollen das Weltkugeln sein?» Louisa greift sich einen Keks und beißt herzhaft hinein.

«So könnte man die Plätzchen auch interpretieren, aber eigentlich hatte ich nur keine Förmchen, vielleicht sind die auch in Omas Kiste.» Gespannt schaue ich meine Tochter an, die keine Miene verzieht. Im Pokerspielen hat sie ihre Eltern schon immer geschlagen. «Und, wie schmecken die Kekse?»

«Kann es sein, dass du Zucker vergessen hast? Die schmecken ein bisschen nach nichts.» Mit einem schiefen Lächeln kaut sie langsam vor sich hin.

Ich nehme einen Bissen. Verdammt. Die Plätzchen schmecken wirklich sehr neutral. Könnte man auch mit Hummus oder Frischkäsedip vor dem Fernseher essen. Ich atme tief durch. Erst finden wir nur die halbe Weihnachtsdeko, und dann misslingen mir auch noch die einfachsten Kekse, weil ich zu wenig Zucker hineingetan habe. Vermutlich ist mir ein Fehler bei der Umrechnung der Teigmenge unterlaufen. Ich bin wirklich keine geborene Bäckerin.

Während ich noch vor mich hin grübele, ruft Louisa von unten: «Mama, kannst du mir helfen? Die Weihnachtskiste von Oma Inge stand unter ihrem Bett. Und sie ist sehr schwer.»

Wenigstens die Dekoration ist gerettet, wenn ich meine Mutter auch beim Backen nicht ersetzen kann.

Gemeinsam tragen wir den Karton ins Wohnzimmer und öffnen ihn mit Schwung. Dabei segelt ein Briefumschlag heraus, über und über mit Weihnachtsaufklebern versehen.

Ich runzele die Stirn. Genau so hat meine Mutter die Weihnachtsbriefe immer dekoriert. Jedes Jahr hat sie die Aufkleber aus der Beilage ihrer Fernsehzeitschrift als Verzierung benutzt, ihr Markenzeichen. Tränen der Rührung schießen in meine Augen. Meine Tochter greift nach meiner Hand und drückt sie.

«Vielleicht hat Oma vergessen, uns letzte Weihnachten diesen Brief zu geben», mutmaßt sie.

Meine Hände zittern, denn ich weiß ganz genau, dass meine Mutter Christoph und mir und auch Louisa einen Brief gegeben hat. Selbst ihrem verstorbenen Mann hatte sie einen geschrieben, den wir am Morgen des Heiligen Abend auf sein Grab gelegt haben.

Ich drehe den Umschlag und lese: Für meine geliebte Tochter Marie, meine Enkeltochter Louisa und meinen Schwiegersohn Christoph. Ich schlucke. Warum sollte sie uns zwei Mal zu Weihnachten einen Brief schreiben?

«Wollen wir ihn aufmachen?», fragt Louisa flüsternd, während sie sich an mich anlehnt und wie hypnotisiert auf den Brief starrt.

Kurz halte ich inne, dann öffne ich den Umschlag. Ich falte zwei Blätter auseinander und fange an zu lesen. Schon nach wenigen Zeilen laufen mir Tränen die Wangen herunter. Drei Monate vor ihrem Tod hat meine Mutter, schon vom Krebs gezeichnet, einen Abschiedsbrief an uns verfasst. Mit jeder Zeile, die ich lese, vermisse ich sie mehr. Mit jeder Zeile denke ich daran, wie sie mich als Kind mein Holzbettchen mit Creme hat einschmieren lassen, ohne mich auszuschimpfen, wie sie meine heimlichen Discobesuche als Teenager vor meinem Vater gedeckt hat und wie stolz sie gestrahlt hat, als sie Louisa das erste Mal im Arm hielt.

Auch meine Tochter weint, als sie den Brief ihrer Oma liest.

Und dann kommen wir zum Schluss, den meine Mutter sicher mit einem Augenzwinkern geschrieben hat und der gerade nicht besser passen könnte.

Ich bin jetzt in der Himmelsbäckerei angestellt. Wenn ihr mich einmal vermisst, schaut einfach nach oben. Hinter den Sternen, das sind unsere Lampen, da sitze ich und feile an neuen Rezepten. Und damit ihr die Küche nicht in Brand steckt, Pfeffernüsse verkohlt oder das Backpulver vergesst, habe ich euch ein Buch mit meinen Rezepten zusammengestellt. Ihr findet es hier in meiner Weihnachtskiste. Backt jedes Jahr eines davon, und ihr könnt sicher sein, dass ich euch von oben dabei zugucke.

Weihnachtsbescherung

Katharina Hackauf

In meiner Heimat St. Margarethen im Lungau, dem Ort meiner Geburt, waren die Menschen gottesfürchtig, arbeitsam und freundlich, aber ganz bestimmt nicht reich. Jedenfalls war das der Fall zur Zeit meiner Kindheit. Man lebte in trauter Eintracht miteinander, hatte durch Fleiß und Zuverlässigkeit ein bescheidenes Auskommen, half sich gegenseitig und war zufrieden und froh, wenn man Nachbarn und älteren Dorfbewohnern eine Freude bereiten konnte.

So war es auch in der Adventszeit Anfang der 50er-Jahre, in der meine Geschichte sich zutrug. Wir Schulkinder waren erfüllt von bescheidener Vorfreude auf das bevorstehende Weihnachtsfest mit all seinen Ereignissen und Überraschungen und hatten uns etwas ganz Besonderes ausgedacht: Auch wir wollten jemandem Freude schenken, jemandem, dem es nicht so gut ging wie uns. Und recht bald wussten wir, wer unser aller Weihnachtsgeschenk bekommen sollte!

Bei uns lebte nämlich, mitten im Walde auf einem 1300 Meter hohen Hügel in einer baufälligen, ganz verwitterten Kate ohne Strom- und Wasseranschluss, die Familie Grabenkönig, und zwar nur noch der alte Mann mit seiner kranken Frau in trauter Zweisamkeit. Ihre beiden Söhne, für sie beide die Zukunft, waren aus dem Krieg nicht zurückgekommen, der eine gefallen, der andere vermisst! So ernährte der Grabenkönig sich und seine bettlägerige Frau recht und schlecht durch den Anbau von etwas Gemüse und Kartoffeln auf einer kleinen Ackerfläche neben seinem schiefwinkeligen Holzhaus. Eine Kuh, ein Schwein und ein paar Hühner halfen ihm dabei und machten ihn zum Selbstversorger. Wasser für Mensch und Vieh schöpfte er mühsam aus dem nahen Gebirgsbach, Holz und Torf zum Heizen und Kochen lieferte der Wald ringsumher, das offene Feuer der Rauchküche spendete Wärme und Licht. Bescheidenheit und Armut waren die ständigen Begleiter der alten Eheleute.

Der Grabenkönig war ein kleiner, gedrungener Mann mit weiß wallendem Haupthaar und langem Barte. Er trug wollene Wickelgamaschen und einen lodenartigen Umhang und stützte sich auf einen mannshohen Haselnussstock, wenn er zu Tal schritt, um für seine kranke, lahme Frau Arznei aus dem zehn Kilometer entfernten Ort zu holen. Er sorgte sich um sie und blieb niemals länger als nötig weg, sie war sein Ein und Alles, sie war sein Leben.

Bald wussten wir Schulkinder auch, was wir machen wollten, und unsere Eltern unterstützten uns gern dabei. Sie spendeten Mehl, Butter, Eier und viele andere Zutaten, die wir zum Backen von Keksen und Kuchen benötigten, und da eine ganz ordentliche Menge zusammengekommen war, tauschte der ortsansässige Kaufmann diese in andere Waren um, die die beiden Alten oben auf dem Berg sicher gebrauchen konnten. Dies alles wurde von uns sorgfältig verpackt, die Kekse und der Kuchen waren vorzüglich gelungen, sie kamen in kleine Schachteln, mit Bändchen, Schleifen und Strohsternchen verziert. Kurz vor den Festtagen war bei uns der Winter eingebrochen, die Jungen holten ein kleines Tännchen aus dem Wald, welches wir mit Kerzen und Silberfäden festlich herausputzten. Am Tag vor Heiligabend, in aller Herrgottsfrühe, beluden wir unsere Schlitten mit all den Geschenken und machten uns bei völliger eiskalter Dunkelheit auf den schneeverwehten, ansteigenden Weg zur Kate des Grabenkönigs. Das war gar nicht so einfach, und wir froren ganz ordentlich, merkten das aber kaum, weil wir uns so sehr auf das Kommende freuten.

Endlich waren wir vor der fast eingeschneiten Hütte angelangt, aus dem Schornstein stieg dünner, bläulicher Rauch – ein Zeichen, dass Leben in dem Häuschen war. Wir alle waren mucksmäuschenstill, vorsichtig traten wir den vor der Tür angehäuften Schnee zu einem Halbkreis fest und richteten unsere Schlitten mit den Geschenken zur Tür hin aus. Die Kerzen brannten hell, und wir Kinder stimmten erst ganz leise, dann aber lauter und kräftiger den Weihnachtschoral an: *Sieh, es wird der Herr sich nah'n, und mit ihm der Heiligen Schar, und ein Licht voll Herrlichkeit wird erglänzen! Halleluja!*

Gleich darauf wurde mit einem lauten Ruck von innen die Holztüre aufgestoßen, und im Türrahmen erschien der Grabenkönig im Nachtgewand. Er schaute und staunte, ganz ergriffen, sich halb umdrehend, rief er in den dunklen Raum: «Muatta, 's Christkindl is do!» Damit verschwand er in der Hütte.

Gerade stimmten wir die zweite Strophe des Liedes an, da kam der Grabenkönig zurück, er trug auf den Armen seine gelähmte Frau, die er fürsorglich in eine Decke gehüllt hatte. Die sonst so verhärmten Gesichter der beiden verklärten sich zu einem seligen Lächeln. Sie lächelten und weinten zugleich, und der Zauber dieses Augenblicks zog ein, auch in unsere Kinderherzen – wir waren einfach nur glücklich, überwältigt!

Auch für uns war wahrhaft Weihnachten geworden.

Warten auf Weihnachten

Hille Lux

In einigen Stunden ist die Warterei auf den Abend des 24. Dezembers endlich vorbei. Dann werden allerorts die Kerzen am Tannenbaum angezündet und strahlen. Kinderaugen leuchten mit ihnen um die Wette. So auch bei Veronika und Albert zu Hause.

«Albert!», ruft Veronika aus der Küche.

Albert grummelt, weil er sich gerade gemütlich in seinen Sessel setzen wollte, um die Zeitung zu lesen.

«Ja?» Er drückt die Küchentür einen Spalt auf.

Veronika steht mit mehlbestäubten Armen und blau karierter Schürze am Küchentisch. Unter der Schürze lugt schon die rosa Bluse mit den Rüschen für den Abend hervor. Nur die Ärmel sind hochgerollt, damit sie den Kuchenteig zusammenkneten kann. Der Duft der schon gebackenen Plätzchen zieht herüber. Aus der Anlage auf der Fensterbank klingt sanft *Leise rieselt der Schnee*. Passend dazu bedeckt eine dünne Schicht Puderzucker den Tisch.

«Albert, hol doch bitte mal den Weihnachtsbaumständer vom Boden, damit wir noch rechtzeitig den Tannenbaum schmücken können.»

«Hm, hm», brummt Albert, legt die Pfeife in den Aschenbecher, schlurft in seinen braunen Filzpantoffeln in den Flur und steckt sich unterwegs das graue Hemd in die schwarze Jogginghose.

Im Flur klappt er mit einer Hakenstange die Bodentreppe von der Decke herunter, steigt sie hinauf und knipst oben den Lichtschalter an.

«Puh.» Er schnuppert. Muffiger Geruch quillt ihm entgegen. Staub liegt auf abgewetzten Stühlen, auf einer braunen Holzkommode mit drei Beinen, den Büchern und einem verrosteten Vogelbauer, Spinnweben hängen an Balken und Dachsparren. Mit eingezogenem Kopf, um nicht irgendwo anzuecken, pirscht Albert durch die ausrangierten und noch nicht entsorgten Habseligkeiten. Der Christbaumständer ist nirgendwo zu sehen. Während die trübe, nackte Glühbirne, die traurig an einer kahlen Schnur von einem Balken herabbaumelt, aus unerfindlichen Gründen plötzlich verlischt und ihn in graue Dunkelheit hüllt, geht ihm gedanklich ein Licht auf. Vor einem Jahr, als Weihnachten vorbei war, ließ der Ständer sich nicht mehr vom Baumstamm lösen. Damals entsorgte er ihn samt Baum, ohne es Veronika zu sagen. Einen neuen zu kaufen, vergaß er, andere Wichtigkeiten im Jahr schoben sich vor.

Und jetzt ist Heiliger Nachmittag. Die Läden sind ab 14 Uhr geschlossen. Albert schaut auf die Armbanduhr. Die Leuchtziffern zeigen auch im Dunkeln 15:30 Uhr an, und Magda, Theo und Klein Moritz werden zum frühen Abend hin ankommen. So ein Mist!

«Aua!» Albert stößt im Dunkeln an die Ecke eines ausrangierten Couchtisches, reibt das schmerzende Knie und kratzt sich dann am Kopf. Was tun? Wo ist seine Kreativität geblieben? Auf eine Möglichkeit kann er nicht zurückgreifen, die Erde im Garten ist gefroren. Vater hatte früher öfter einmal den Tannenbaum mangels Ständer in einen mit Erde gefüllten Bottich gestellt. Je trockener diese in den Weihnachtstagen wurde, desto mehr wackelte der Tannenbaum darin. Einmal war er sogar ganz umgefallen.

Rückwärts steigt Albert die ausgeklappte Bodentreppe wieder herunter und drückt sie so schwungvoll und krachend mit dem Hakenstock zu, dass Veronika aus der Küche stürzt.

«Ist was passiert?!» Mittlerweile ist auch ihr Gesicht mit den runden Wangen und Lachfältchen um die Augen mit Mehl bestäubt. An ihrer Nasenspitze klebt ein Krümel Kuchenteig.

«Klappe zu. Keinen Christbaumständer gefunden.»

«Aber wieso?» Veronika stemmt die Arme in die Hüften. «Letztes Jahr hatten wir doch einen?»

«Jaaa – letztes Jahr. Das ist dreihundertfünfundsechzig Tage her.» Albert reibt seinen Nacken. «Jetzt ist er nirgends zu finden.»

«Aber bald kommen doch die Kinder!», jammert Veronika. «Überleg dir etwas.» Damit verschwindet sie wieder in der Küche und schlägt die Tür etwas lauter hinter sich zu als sonst.

Na ja, denkt Albert, du hast gut reden. Du backst gemütlich Plätzchen. Was meinst du wohl, wie meine Gedanken rasen. Es ist mir schon klar, dass alle Jahre wieder am 24. Dezember ein Weihnachtsbaum aufgestellt wird – wenn denn ein Ständer da ist.

Aber wieso brauchen wir eigentlich den Ständer? Am besten ist es doch, den Baum einfach an die Wand zu lehnen, links und rechts mit je einem Stuhl abgestützt, damit er nicht umfällt, und den Stumpf des Stammes mit Silberfolie zu umhüllen. Von hinten schmücken ist sowieso Zeitverschwendung. Wir schauen ihn nur von vorne an. Klein Moritz steht auch vor dem Baum, wenn er die letzte Zeile eines Frühlingsgedichtes aufsagt. Frühling deswegen, weil es das einzige Gedicht ist, dessen letzte Zeile er auswendig kann, und er heult wie ein getretenes Wolfsjunges, wenn er nichts aufsagen darf. Das letzte Weihnachtsfest ist deswegen noch in nachhallender Erinnerung.

Gedacht, getan. Bald lehnt der Tannenbaum an der Wand, und Albert schmückt ihn mit den von Veronika bereitgestellten Anhängseln: rote Plastikkugeln, Kerzen in silbernen Haltern, Strohsterne, süße Kringel, Lametta. Veronika stellt hin, Albert schmückt. Streitereien wie in seiner Kindheit gibt es nicht.

Als er Kind war, gestaltete sich das nämlich anders: Bis 16 Uhr war noch alles friedlich, dann brachen die Kämpfe ums Outfit des Tannenbaumes aus. Vater wollte eigentlich gar keinen, musste aber trotzdem im nahen Wald nach einem wildern. Opa saß im Sessel und dirigierte jeden Handgriff der anderen, was bei allen zu cholerischen Ausbrüchen führte. Oma wollte selbst gestrickte Socken aufhängen.

«Aber nur mit einer Süßigkeit darin», forderte Mutter.

«Nein, dadurch werden die Socken schmutzig.» Oma schlurfte mit den Socken im Arm beleidigt zur Toilette.

Schwester Pia hatte einen Rauschgoldengel für die Baumspitze gebastelt, der aber nicht daran festhalten wollte.

«Lass doch das blöde Ding auf dem Fußboden hocken», mäkelte Bruder Tobias.

«Selber blöd», keifte Pia zurück und zeigte auf die von Tobias ausgesägten Anhänger. «Glocken, Weihnachtsmänner, Engel. Wer mag denn so etwas?»

Tobias streckte ihr die Zunge heraus und tippte sich mit dem Zeigefinger an die Stirn.

Daraufhin heulte Pia.

Mutter hängte derweil Lametta in die Zweige.

«Lametta stört», brummelte Opa, während er sich eine Zigarre anzündete. «Hatten wir früher nie.»

Mutter riss es wütend wieder ab. «Schmückt doch alleine!», fauchte sie. «Und du hör auf zu qualmen, der Arzt hat es dir verboten.» Damit verschwand sie in die Küche.

Und Klein Albert? Der packte schon sein Weihnachtsgeschenk aus und blies kräftig hinein – in eine goldene, weit schallende Tröte …

Veronika erscheint im Wohnzimmer und reißt Albert aus seinen Kindheitsträumereien. Sie legt den Kopf schief, begutachtet den geschmückten Baum, nickt zustimmend und dekoriert einen stützenden Stuhl mit einem Weihnachtsgeschenk. «Für Klein Moritz.»

«Was bekommt er denn in diesem Jahr?» Albert hängt letztes Lametta in die Tannenzweige.

«Du weißt doch.» Veronika zupft das Schleifenband zurecht, das um das Geschenk gewunden ist. «Er hat sich so sehr eine goldene Tröte gewünscht.»

«Ach so?!» Albert denkt an die früheren Ohrenschäden seiner Familie seit dem Tröten-Weihnachten. Deshalb sagt er, vorbeugend auf Milderung bedacht: «Aber erst einmal sagt Klein Moritz seine Frühlingszeile auf, und dann singen wir *Vom Himmel hoch, da komm ich her*».

In dem Moment fällt Putz von der Zimmerdecke.

«Du hast immer noch nicht die Schadstelle im Oberstübchen ausgebessert», mault Veronika. «Jetzt haben wir den Salat.»

Es klingelt.

«Ach was.» Albert geht zur Tür. «Essen wir erst einmal den, der in der Küche steht. Dann sehen wir weiter.» Er öffnet und ruft über die Schulter: «Das sind Magda, Theo und Klein Moritz!» Er umarmt sie nacheinander. «Hurra, Weihnachten ist da!» Und denkt im Stillen: Hoffentlich überleben unsere Gehörgänge die Tröte …

Für 'n Groschen Pfefferkuchen

Stephan Wilhelm

So zehn, zwölf Jahre alt mochte ich damals gewesen sein, hatte schon ein großes Fahrrad, und Skifahren konnte ich natürlich auch. Das allerdings war nichts Besonderes. Denn im Erzgebirge, wo ich mit den Großeltern seinerzeit lebte, gab es im Winter immer viel Schnee, und sobald die Kinder laufen konnten, wurden sie auch schon auf die ersten kleinen Bretter gestellt. Aus echtem Holz waren die Skier ja damals noch. Mit den Kindern wuchsen auch die Skier, und wenn sie nicht zu Bruch gefahren waren, wurden sie an kleinere Kinder weitergegeben. Ich hatte Glück, selbst nach dem Skispringen mit richtig tollen Stürzen brachte ich meine Bretter immer wieder heil mit nach Hause.

Jedenfalls fuhr ich jedes Jahr, so um den ersten Advent herum, bis fast ans andere Ende des Dorfes zum Groß-Bäck, also zum Bäcker Groß. Wenn Schnee lag, natürlich mit den Skiern, damals konnte man auch auf der Straße damit fahren. Wenn kein Schnee lag, eben mit meinem knallroten Fahrrad.

Ich schnallte mir den Rucksack auf den Rücken, und dann ging's ab. Zuerst in schneller Schussfahrt die Straße hinunter zum Dorf. Am liebsten machte ich die Fahrt zum Groß-Bäck, wenn die Dämmerung schon eingesetzt hatte. Denn dann konnte ich im Vorbeifahren in vielen Fenstern die Bergmänner, Engel oder Schwibbögen mit ihren brennenden Kerzen sehen.

Zuerst hielt ich beim Horndreher. Seinen richtigen Namen hätte ich wahrscheinlich nicht gekannt, wenn seine ältere Tochter, die Bärbel, nicht mit mir in die Schule gegangen wäre. Horn drehte er auch nicht mehr, sondern Holz.

In seinem kleinen Schaufenster betrachtete ich eingehend die gedrechselten, ausgesägten oder geschnitzten Sachen. Seine Spezialität waren die filigranen Spanbäumchen. Im Schaufenster standen zwar immer dieselben Figuren, Tiere und Pyramiden, aber ich betrachtete sie jedes Mal ganz genau, wenn ich dort vorbeikam.

Dann führte mich der Weg zum Groß-Bäck ein Stück weit am Fluss entlang. Da musste ich erst mal gucken, wie hoch das Wasser stand, ob er an bestimmten Stellen vielleicht schon zugefroren war oder ob Eisschollen auf dem Wasser trieben.

Manchmal musste ich am Bahnübergang warten, weil die Schranken geschlossen waren. Die Dampfloks beeindruckten mich immer sehr. Natürlich kannte ich sämtliche Baureihen und Typen. Trotzdem überkam mich kleines Kerlchen doch ein leicht mulmiges Gefühl, wenn diese großen Ungetüme stampfend, fauchend und zischend gerade mal zwei Meter vor mir vorbeifuhren.

Gleich hinter dem Bahnübergang, auf dem Platz vor der Post, stand eine riesengroße Weihnachtspyramide. Die hatten der Horndreher und ein Zimmermann gebaut. Dicke

Balken bildeten das Gerüst, auf der Bühne standen lebensgroße Figuren, und obendrüber drehte sich das Flügelrad. Ich brauchte ziemlich lange, bis ich herausfand, dass die Pyramide von einem versteckten Elektromotor bewegt wurde.

Dann musste ich noch die Brücke mit dem wackligen Holzgeländer über die Zwönitz überqueren. Gleich dahinter rechts wohnte der alte Lehrer Firtl in einem kleinen, baufällig wirkenden Haus. Ein komischer Kauz. Wenn er sich überhaupt mal sehen ließ, lief er in einem langen, kittelartigen Gewand herum, mit einer randlosen Kappe auf dem Kopf.

Links stand die Ruine der zerbombten, ausgebrannten Fabrik, und fünfzig Meter weiter kam endlich der Laden vom Groß-Bäck.

Meist warteten schon Leute im Laden, und bis ich an der Reihe war, dauerte es sowieso eine Zeit lang, weil sich immer ein paar Erwachsene vordrängelten. In dem Fall war mir das gar nicht so unrecht, denn dadurch hatte ich ausgiebig Gelegenheit, die vielen Lebkuchenhäuschen in der Vitrine und auf der Ladentheke zu bestaunen. Da standen große und kleine Pfefferkuchenhäuschen, einfache oder reich verzierte mit bunten Fensterläden, Schnee auf dem Dach und sogar mit Eiszapfen. Bei manchen der Häuschen stand ein Schneemann daneben, und ganz toll gefiel es mir, wenn auf dem Dach ein Schornsteinfeger am Kamin stand.

«Was willst du denn haben?», riss mich der Bäcker aus meinen Betrachtungen.

«Für 'n Groschen Pfefferkuchenreste.» Dabei reichte ich den Rucksack über den Ladentisch.

Während der Bäcker in den Raum hinter dem Laden

ging, schaute ich mir weiter die bunten Häuschen an. Eines der größeren war innen sogar beleuchtet, das zog meinen Blick immer wieder auf sich. Ich malte mir aus, wo ich so ein Lebkuchenhäuschen hinstellen würde, wenn ich eines mitnehmen dürfte. Aber daran brauchte ich gar nicht zu denken, die waren ja viel zu teuer.

«So, da ist dein Pfefferkuchen.» Herr Groß gab mir den Rucksack prall gefüllt mit vier-, dreieckigen oder runden Stücken über den Ladentisch zurück. Hätte ich lediglich einen Fünfer gehabt, wäre der Sack wahrscheinlich genauso voll gewesen. Mit einem letzten wehmütigen Blick auf die schönen bunten Meisterwerke verließ ich den Laden wieder.

In dieser Nacht hatte ich einen seltsamen Traum. Meine Großeltern und ich wohnten in einem riesigen Pfefferkuchenhaus. Es war genauso bunt wie die beim Groß-Bäck, und wir sahen genauso aus wie die Figuren, die an manchen der Häuschen standen. Und der Essenkehrer, wie der Schornsteinfeger bei uns genannt wurde, war auch gerade auf dem Dach bei der Arbeit.

Doch dann wachte ich plötzlich auf, erschrocken, mein Herz pochte wie wild. Ich schaute mich ängstlich um in der dunklen Kammer. Wie war ich erleichtert, alles in Ordnung! Ich hatte nämlich heimlich begonnen, unser schönes Pfefferkuchenhaus von innen aufzuessen.

Advent 21

Gerald Gebhart

Zur Erinnerung an Heike.

Ich lauf noch 'ne Runde», hatte er sich von seiner Frau verabschiedet. Es war Mitte November, der Tag bisher gritzegrau. Doch jetzt, am Nachmittag, riss die Wolkendecke etwas auf. Weit laufen wollte er nicht, aber dieses tägliche Luftschnappen, die Runde durch sein Wohngebiet, tat ihm gut. Die Geräusche von Abrissarbeiten waren unüberhörbar. Er war neugierig, wie weit sie mit dem Abriss der ehemaligen Schuhfabrik gekommen waren, und lief zu der Baustelle. Nur wenige große Fenster reflektierten noch den Schein der schon tief stehenden Sonne, die meisten waren schon herausgebrochen.

Durch die löchrige Fassade konnte man quer durchs Gebäude bis auf dahinterstehende Wohnhäuser blicken. Der massige Stahlbetonbau wurde entkernt, ein Greifer verteilte Abrissmaterial in verschiedene Mulden, es polterte, schepperte und quietschte.

Vorbei an fußballspielenden Jugendlichen lief er, bog um eine Ecke und ging bis zum ehemaligen Haupteingang der

Fabrik. Wo einst der Pförtner die Betriebsausweise kontrolliert hatte, hielt er inne, hatte jetzt die ganze Szenerie im Sonnenschein vor sich.

Mit seinem Smartphone machte er ein Erinnerungsfoto. Sein ehemaliges Büro hatte noch ein intaktes Fenster. «Morgen ist es wahrscheinlich auch weg», murmelte er und dachte an die turbulenten frühen 1990er-Jahre, als er hier seinen Arbeitsplatz gehabt hatte. Wiederholt musste damals die Zahl der Beschäftigten halbiert werden. Schließlich ging, trotz großem Enthusiasmus der Restbelegschaft, der Kampf ums Überleben des Unternehmens verloren …

Da stand er nun, Erinnerungen an jene Zeit im Kopf, musste zusehen, wie eine weitere ehemalige Schuhfabrik in seiner Stadt abgerissen wurde.

«Endlich haben wir nicht mehr diesen trostlosen Anblick», würde meine Frau sagen, dachte er im Weggehen und murmelte: «Eine Fabrik, in der seit fast dreißig Jahren kein Schuh mehr produziert wurde, braucht eben keiner mehr!»

Gespannt war er, wie das große Gelände künftig bebaut werden würde. Wäre es seins, und er hätte das nötige Kleingeld, hätte er das Fabrikgebäude zu einem Parkhaus umfunktioniert, die oberste Etage abtragen lassen. Aber nun sollten dort, nach dem Abriss, Wohngebäude entstehen …

Er lief weiter, die Hände in den Jackentaschen, stutzte: Da hatte doch einer schon einen Weihnachtsbaum auf seine Terrasse gestellt. Noch ohne schmückende Lichter, aber immerhin! Jedoch, dachte er, so außergewöhnlich ist das ja auch wieder nicht, schließlich ist in knapp zwei Wochen der erste Advent.

Ihm war noch nicht vorweihnachtlich zumute. Ob dies am weniger schlechten Novemberwetter oder den ständig düsterer werdenden Nachrichten zum Corona-Infektionsgeschehen lag, er wusste es nicht. Ihm wurde nur klar, dass er Gas geben musste, um die noch notwendigen Herbstarbeiten im Garten abzuschließen und danach selbst mit dem Adventsschmücken zu beginnen.

Aus der Ferne hörte er die Schreie von Zugvögeln, hielt im Laufen inne und suchte den Himmel ab. Jetzt konnte er sie sehen: mehrere v-förmige Staffeln Grau- oder Saatgänse zogen von Ost nach West durch die Dämmerung! Sicher wollten sie zum Geiseltalsee, um zu übernachten. Seit Tagen beobachtete er dieses herrliche Schauspiel allabendlich, es tat ihm gut. Ein bisschen heile Welt eben!

Ob ich sie morgen wieder beobachten kann?, fragte er sich. Oder ziehen dann wieder Kraniche vorüber? Die mochte er besonders. Auf dem westeuropäischen Zugweg sammeln sie sich an der Ostsee oder bei Berlin und rasten dann noch mal, unweit von seiner Stadt, im flachen Wasser des Stausees Kelbra. Im Oktober und November werden dort fünfundzwanzig- bis vierzigtausend Kraniche pro Tag gezählt, hatte er gelesen! Von dort fliegen sie weiter in Richtung Frankreich, Spanien oder Nordafrika, haben vorher genug gefuttert und Kraft getankt für ihre weite Reise …

Eine Woche später machte er wieder seine nachmittägliche Spazierrunde. Der Garten war nun bereit für die Winterruhe.

Na ja, um das Laub musste er sich gemeinsam mit seiner Frau noch kümmern. Aber ansonsten hatte er mit der Gartenarbeit gerade so die Kurve gekriegt, gut, dass das Wetter so lange mitgespielt hatte! Doch nun wurde es nachts frostig, und tags war es feuchtkalt. Immer zeitiger wurde es nachmittags dämmrig. «Seine» Zugvögel hatte er schon zwei Tage nicht gehört, nicht gesehen. Die haben sich in wärmere Regionen verzogen, sinnierte er, bog um eine Ecke und hatte jetzt im Blick, wie ein großer gelber Adventsstern über einem Hauseingang befestigt wurde.

Ja, in wenigen Tagen ist der erste Advent, dachte er, drehte sich im Weitergehen noch mal nach dem großen Stern um. Er verlangsamte seinen Schritt, träumte vor sich hin: Was für ein stimmungsvoller Anblick wäre es, wenn in den Wochen vor Weihnachten an allen Ein- und Mehrfamilienhäusern dieser langen, bergan führenden Straße in der Dunkelheit ein großer oder kleiner Herrnhuter Stern in Rot, Gelb oder Weiß leuchten würde!

«Träum weiter», sprach er halblaut zu sich, konzentrierte sich auf seinen Weg und wollte zu Hause gleich die Lichterketten für die Hausdekoration griffbereit legen.

Nachmittags, zwei Tage vor dem 1. Advent, begann es zu schneien. Eine von Osten kommende Kaltfront verursachte einen Wirbel großer, nasser Flocken, jede mit einer anderen Gestalt. Gut, dass alles Frostempfindliche rechtzeitig ins Winterquartier gebracht worden war! Im Nu hatte der Garten sein Aussehen verändert: Grünes und Herbstbuntes war nun leicht weiß überdeckt. Welch schöner Anblick. Passt so richtig zum Geruch aus der Küche!, dachte er. Seine Frau war mit Eifer dabei, Weihnachtsplätzchen zu backen, so frühzeitig, damit die Kinder und Enkel diese süße Näscherei bis zum Nikolaustag mit der Paketpost erhalten konnten.

«Morgen schmücken wir die Wohnung für den ersten Advent! Auch wenn uns wegen der verdammten Corona-Pandemie keiner besuchen kommt, wollen wir doch auf den Adventsschmuck nicht verzichten!»

«Nein, auf keinen Fall. Aber so vielerlei wie noch vor Jahren stellen wir nicht wieder hin!»

Dann gab's die alljährliche Debatte, welche der lieb gewordenen Figürchen und Basteleien ausgepackt und dekorativ platziert werden sollten. Sie einigten sich schließlich auf dieses und jenes, beide hatten ihre eigenen Lieblingsstücke, auf welche keinesfalls verzichtet werden sollte …

Am Nachmittag des ersten Advents riefen nacheinander die Söhne an, jeder von woanders: Allesamt waren sie gesund. Auch dem Urenkel gehe es gut, wurde berichtet. Eine schöne Vorweihnachtszeit wünschte man sich gegenseitig, allen pandemiebedingten Einschränkungen zum Trotz. Die erste Kerze am vierarmigen Leuchter spendete warmes Licht.

«Nun ist aber der Kakao kalt geworden, kriegen wir den noch mal heiß?», fragte er und ergänzte: «Die Plätzchen schmecken übrigens prima!»

Im Dämmerlicht saßen die beiden unter dem strahlenden roten Herrnhuter Stern mit den in die Jahre gekommenen fünfundzwanzig Zacken, den leicht verschneiten Garten im Blick. «Was für eine stimmungsvolle *blaue Stunde*», bemerkte er nachdenklich. «Nun ist mir's doch vorweihnachtlich zumute. Ich wünsche dir eine schöne Adventszeit!»

«Danke», erwiderte sie, «nun fehlt mir nur noch eine Adventsgeschichte, aber bitte keine traurige, sondern eine fröhliche, hoffnungsvolle!»

Illusionen

Joachim Frank

«Das ist nicht dein Ernst!» Entrüstet stand Cornelia vor dem Weihnachtsbaum, den Oliver soeben mit einer Schere vom Verpackungsnetz befreit hatte.

«Beim Kauf fand ich ihn noch wunderschön», versuchte er sich mit dünner Stimme zu rechtfertigen.

«Krumm und schief ist der!»

«Komisch, vorhin wirkte er ganz gerade.»

«Hat man dir vielleicht einen anderen Baum angedreht als den, den du haben wolltest?»

«Kann ich mir nicht vorstellen, aber es dämmerte schon, als ich ihn auf dem Parkplatz vor dem Sonderpostenmarkt ausgesucht habe. Da kann man sich leicht täuschen. Ich bin dann rein in den Laden, um zu bezahlen. Anschließend habe ich ihn abgeholt.»

«Und in der Zwischenzeit haben die da draußen die Bäume getauscht und dir diesen Ausschuss – natürlich schon im Plastikschlauch verpackt – untergejubelt!»

«Das glaube ich nicht. Ich habe die nette junge Verkäuferin extra gebeten, den von mir ausgesuchten Baum zu reservieren, bis ich wieder zurück sein würde. Könne sie mir zwar nicht garantieren, aber da solle ich mir mal keine Sorgen machen, hat sie gesagt.»

«Aha, so ist das also gelaufen: Hier die junge hübsche Verkäuferin, da der etwas angegraute ältere Herr, ein Augenzwinkern, ein Lächeln, den Rest kann man sich ja denken, und das Ergebnis sehen wir hier! Wenn man euch Männer schon mal zum Einkaufen schickt.»

Oliver verzog das Gesicht und sagte: «Sooo schlecht finde ich den gar nicht. Außerdem hat er nur 14,99 Euro gekostet. Dafür kann man keine perfekt gewachsene Nordmanntanne erwarten.»

«Sonderangebot, war ja klar! Am Baum wird gespart, aber wenn es um die Weine und den Champagner für die Festtage geht, langt der Herr ganz oben ins Regal. Was meinst du wohl, was meine Schwester denkt, wenn sie diesen Witz von einem Tannenbaum sieht? Die lacht sich tot! Erinnerst du dich an das Prachtexemplar, das letztes Jahr bei denen im Wohnzimmer stand? Kerzengerade gewachsen, alle Kugeln und sämtlicher Baumschmuck saßen in abgestimmten Farbtönen wie hingemalt; eine perfekte Komposition, geradezu ein Weihnachtsbaum-Kunstwerk war das gewesen!»

«Auf mich wirkte der eher kalt, leblos und nichtssagend. Alles nur Fassade, hohler Schein.» Oliver verzog das Gesicht und schaute auf seinen Baum. Der ist wirklich hässlich, dachte er und sagte nachdenklich: «Ach, deine Schwester und ihr Mann …»

«Was ist mit denen?»

«Weißt du, ich finde, das Schöne und Reiche wirkt immer auch ein ganz klein wenig dumm. Außerdem haben die ein großes Haus und wir nur eine kleine Wohnung.»

«Bloß kein Neid! Und ein Grund für diese Krücke ist das auch nicht! Als ob wir uns nichts Besseres leisten könnten! Peinlich ist das.»

«Sehe ich anders. Dagmar hat eben einen Geldsack geheiratet und du mich, einen nicht sonderlich erfolgreichen Musiker. Ist doch kein Charakterfehler. Unser Baum ist eine Nummer bescheidener, etwas schief, na wenn schon.»

«Wir müssen uns nicht kleiner machen, als wir sind!»

«Tun wir nicht. Bernhard geht das Weihnachtsbaumgetue seiner Frau sowieso fürchterlich auf den Geist. Hat er mir letzten Heiligabend, als wir bei denen gefeiert haben, hinter vorgehaltener Hand gestanden. Überhaupt Dagmar …»

«Was ist mit ihr? Bernhard kann froh sein, eine derart stilbewusste Frau zu haben! Die schmeißt da den ganzen Laden, wenn Geschäftsfreunde bewirtet werden müssen. Die macht bella figura, wenn ihr Mann mal wieder zu tief ins Glas geguckt hat und Unsinn erzählt.»

«Bei der Frau würde ich auch manchmal ein Glas zu viel trinken.»

«Müssen wir das jetzt diskutieren?»

«Nein, ist ja deren Problem. Jedenfalls habe ich für unseren Schwager seinen Lieblingscognac besorgt. Glaub mir, wenn ich den auf den Tisch stelle, ist ihm unser Baum völlig egal.»

«Und Dagmar?»

«Wird es überleben. Und du auch.»

«Aber der Baum ist und bleibt eine Katastrophe! Schau dir nur mal seine Zweige an. Die sind zusammengedrückt wie ein feuchtes Kissen! Wie soll ich daran all die Dekorationen befestigen? Sieht doch aus wie ein riesiger Klumpen!»

«Die Zweige sind noch durch das Plastiknetz zusammengedrückt. Warte ein oder zwei Stunden, dann lösen sie sich ganz alleine voneinander.»

Cornelia zuckte mit den Achseln und sagte: «Bleibt mir wohl nichts anderes übrig, als auf einen hereinschwebenden Weihnachtsengel zu hoffen, der unseren Baum verzaubert.»

«Oder soll ich einen neuen kaufen?», fragte Oliver.

«So kurz vor dem Fest gibt's nur noch die Ladenhüter. Einen zweiten brauchen wir wirklich nicht!» Cornelia schien sich in ihr Weihnachtsbaum-Schicksal zu fügen. Als sie jedoch auf den Boden schaute, rief sie entsetzt: «Der nadelt ja jetzt schon wie nichts Gutes! Sieh dir das an: Bis übermorgen ist der kahl wie ein gerupftes Huhn.»

«Ach was, das kommt jetzt nur vom Transport. Der kriegt ordentlich Wasser, dann hält er durch.»

Seine Frau verließ kopfschüttelnd das Wohnzimmer. Oliver ließ seine Blicke durch den kleinen, niedrigen Raum schweifen, betrachtete das in die Jahre gekommene Mobiliar, den zu großen Fernseher, den welligen Druck eines van Gogh über dem Sofa. Er trat zu den liebevoll von Cornelia gepflegten Pflanzen auf der Fensterbank und schaute über den winzigen Balkon hinunter auf den nass glänzenden Parkplatz vor dem Supermarkt. Wieder keine weiße Weihnacht, dachte er, drehte sich um und guckte erneut auf den Baum.

Hatte er sich über den Tisch ziehen lassen? Oder nicht sorgfältig genug ausgesucht? Vielleicht hatte er sich in der hereinbrechenden Dunkelheit täuschen, von der Stimmung ablenken und betören lassen: Die Lichterketten überall, der Bratwurst- und Glühweinduft vom Stand nebenan, *Last*

Christmas leise im Hintergrund, die Verkäuferin mit ihrer niedlichen Weihnachtsmütze, ihr Lächeln und die erwartungsfrohe Geschäftigkeit um ihn herum waren zu einem Moment von diffuser Vorfreude, ja zu einem Versprechen auf etwas Kommendes verschmolzen, das in seiner Erfüllung – dem Weihnachtsfest selbst – der Erwartung nicht würde standhalten können. Als ihm die Verkäuferin «Frohe Weihnachten» wünschte, hätte das Fest sein Ende finden müssen, um perfekt zu sein. Plötzlich wusste er: Das war keine Vorfreude, sondern eine auf diesen Moment beschränkte, zwar kleine, aber echte Freude gewesen, ein Glücksmoment sozusagen; völlig gleichgültig, wie albern die Dekorationen, wie kitschig die Musik, wie gespielt das Lächeln der Verkäuferin und wie trügerisch das kulinarische Versprechen durch den herüberwehenden Duft von gepanschtem Glühwein und fettiger Bratwurst gewesen sein mochten.

Der Baum war hässlich, zweifellos, die Zweige waren auf der einen Seite viel kürzer als auf der anderen. Er überlegte: Wenn man ihn etwas anders stellt, fällt das vielleicht weniger auf. Er drehte den Stamm, bis die längeren, schöner gewachsenen Zweige nach vorn zeigten. Aber dadurch wurde noch sichtbarer, dass der Baum sogar von zwei Krümmungen verunstaltet war. Oliver rief seine Frau und bat sie, ihm zu helfen, die Halteklauen des Ständers noch mal zu lösen. Vielleicht ließ sich der Baum neu justieren und würde dadurch etwas gerader erscheinen.

Aber alle Bemühungen nützten nichts: Selbst eine Unmenge an bunten Kugeln, Kerzenhaltern sowie Sternen, Engeln und Weihnachtsmännern aus Stroh, Glas und Schokolade, darüber- und dazwischengelegte Lichterketten und Girlanden konnten die Unförmigkeit der Tanne nicht unsichtbar werden lassen. Die nadelte die nächsten Tage in ihrer billigen Pracht trotzig vor sich hin, störte beim Fernsehen, stand beim Staubsaugen im Weg und wurde für Cornelia zum nicht zu ignorierenden Dauerärgernis.

Am Tag vor Heiligabend klingelte es an der Tür. Cornelia öffnete, aber vor ihr stand nicht der lang erwartete Paketbote, der endlich das Weihnachtsgeschenk für Oliver bringen sollte, sondern die junge Nachbarin mit ihrer kleinen Tochter Annika. Die hielt ihr strahlend eine Weihnachtstüte entgegen und sagte: «Habe ich mit Mami für dich gebacken, Frau Dammann.»

«Ist ja nur eine Kleinigkeit, aber jetzt zu Weihnachten wollten wir uns für die nette Nachbarschaft bedanken», ergänzte die Mutter.

«Kommen Sie doch auf einen Kaffee rein. Oder lieber Tee?», fragte Cornelia.

«Nein, nein, wir wollen nicht stören.»

«Sie stören gar nicht. Mein Mann erledigt wie üblich seine Einkäufe auf den letzten Drücker, und ich wollte sowieso gerade eine kleine Pause machen. Also lieber Tee oder Kaffee? Und für Annika?»

Wenig später kam Cornelia ins Wohnzimmer mit einem Tablett, auf dem sie einige Scheiben Stollen, Kakao für das Mädchen und nach Zimt und Vanille duftenden Tee balancierte.

«Du magst doch heiße Schokolade?», fragte sie die Kleine, die gebannt vor dem Weihnachtsbaum stand.

«Ist der schön!», sagte sie und konnte ihren Blick gar

nicht von dem Baumschmuck abwenden, der im durch das Fenster fallenden Sonnenlicht glitzerte.

Cornelia schaute ihre Nachbarin fragend an, die erklärte: «Wissen Sie, wir haben bei uns keinen Tannenbaum in der Wohnung. Martin, also mein Lebensgefährte, hält nichts von Weihnachten und all dem Drum und Dran. Er meint, das sei alles Plunder, Kitsch und Schwindel. Einfach nur eine Illusion.»

Annika betrachtete sich in einer silbernen Kugel, lächelte in ihr in die Breite und Länge gezogenes Spiegelbild und fragte, ohne sich umzuwenden: «Mama, was ist eine Illusion?»

«Hm», begann die Mutter und nippte von ihrem Tee, um Zeit zum Nachdenken zu gewinnen. Weil der zu heiß war, stellte sie die Tasse zurück und fuhr fort: «Weißt du ...» Doch weil ihr immer noch keine schlüssige Antwort einfallen wollte, biss sie ein Stück von dem Stollen ab.

Cornelia kam ihr mit einer Erklärung zu Hilfe: «Weißt du, Annika, eine Illusion ist, wenn man von etwas träumt, das sich gar nicht erfüllen *kann*.»

Das Mädchen drehte sein Gesicht im Spiegel der Kugel hin und her, rauf und runter, bevor es nach einer Weile sagte: «Dann ist eine Illusion etwas sehr Schönes.»

«Wieso denn das?», fragten beide Frauen fast gleichzeitig.

«Na», sagte die Kleine, «manchmal stelle ich mir vor, wohin die Vögel fliegen. Dann schließe ich die Augen und fliege mit ihnen. Ganz weit weg. In den Himmel und bis nach Afrika. Obwohl ich gar nicht fliegen kann.»

Die beiden Frauen sahen Annika erstaunt an, die sich zu

ihnen drehte und über die Schulter fragte: «Und Weihnachten?»

«Weihnachten? Was ist mit Weihnachten?» Die junge Mutter war irritiert.

«Ist Weihnachten auch eine Illusion?», fragte die Kleine.

«Ja, äh nein, also Weihnachten ist, wie soll ich sagen …», begann die Mutter zögerlich, aber was sie nun zu erklären versuchte, erreichte Annika nicht mehr, weil es im Glanz der Kugeln und dem Duft des Baumes ungehört verklang.

Die Sache mit der Krippe

Ingrid Maria Schäfer

Der kleine Maximilian Hochleitner wird von allen nur «der stramme Max» genannt, denn er ist ein sehr kompaktes, stämmiges Kerlchen mit roten Pausbacken, und in der warmen Jahreszeit kann man seine auffallend strammen Waden bewundern, auf die er sehr stolz ist. Veit Lechner, sein bester Freund und Kumpel, ist das genaue Gegenteil: mager wie eine Heuschrecke und blass wie Frischkäse.

Beide machen gerade eine schwere Zeit durch, denn das Weihnachtsfest steht vor der Tür, und wenn man es sich mit dem Christkind nicht verderben und den Wunschzettel nicht gefährden will, ist es ratsam, brav zu sein. So brav wie möglich! Aber das «brav sein» fällt ja so schwer, wenn man gerade in einem Alter ist, wo jede Dummheit und jeder Streich als ein herrliches Abenteuer angesehen wird.

Dass das Weihnachtsfest nahe ist, sieht man vor allem an der hübschen Holzkrippe, die – wie in jedem Jahr – auf dem Vorplatz der Kirche aufgebaut worden ist: die Heilige Familie, Ochse und Esel vor einem Heuballen und die Heiligen Drei Könige. Alle Figuren haben ihre Stammplätze, obwohl die traditionelle Reihenfolge der drei Könige in diesem Jahr fast eine andere gewesen wäre. Ein Vertreter des Gemeinderats hat es als Diskriminierung empfunden, dass der Schwarze König Balthasar immer nur als Letzter in der Reihe seine Geschenke abliefern darf, und hätte ihn gerne nach vorne gesetzt, vor König Caspar und König Melchior, aber die Mehrheit ist heftig dagegen gewesen. Und so – Gott sei Dank für Balthasar – liefern die Könige auch in diesem Jahr in gewohnter Reihenfolge ihre Geschenke ab.

Auch der Winter spielt wie immer mit. Ein dicker Flockenwirbel legt ständig neue Schichten auf die Schneedecke, die das Land in eine weiße Märchenlandschaft verwandelt, und von den Dachrinnen hängen dicke glitzernde Eiszapfen. Ein Weihnachtswetter wie aus dem Bilderbuch. Schon am frühen Nachmittag geht das milchig graue Tageslicht in die Dämmerung über, und rasch wird es dunkel.

Ganz außen am Rand des Kirchplatzes steht der kleine Schneeräumer, ein handliches Gefährt, mit dem der Küster – ein wahrer Riese mit dem Spitznamen «Goliath» – für die Kirchenbesucher die Wege bis zum Portal schneefrei hält.

Der stramme Max und sein Kumpan, auf der Suche nach einem Abenteuer durch die Gegend streifend, fühlen die unwiderstehliche Anziehungskraft, die von dem Schneeräumer ausgeht. Weit und breit ist niemand zu sehen, und das Bewusstsein, heimlich etwas Verbotenes zu tun, ist so prickelnd aufregend, dass man gar nicht anders kann, als auf den Schneeräumer zu steigen.

Zunächst sitzen sie nur still da und genießen es. Aber da gibt es diese verführerischen Knöpfe und Hebelchen, zu denen die Hände der kleinen Tunichtgute wie von selbst finden. Als der stramme Max auf einen grünen Knopf drückt, gibt das Fahrzeug einen Ton von sich, der wie ein lauter Rülpser klingt, dann springt es an und tuckert leise vor sich hin. Wie aufregend! Als Veit einen Hebel löst, setzt sich das Fahrzeug ganz langsam in Gang.

«Es fährt! Es fährt!» Mit einer Mischung aus Erschrecken und Begeisterung blicken sie sich an. Aber die Begeisterung verwandelt sich schnell in blankes Entsetzen, als das Fahrzeug durch das abschüssige Gelände an Geschwindigkeit zunimmt – und genau auf die Krippe zusteuert. Panisch versuchen die Knirpse, zu bremsen und die Richtung zu ändern, und brüllen «Oh mein Gott!» und «Tu doch was!» und «Haaalt!». Und dann ist da nur noch dieses entsetzliche splitternde Geräusch. Und dann herrscht Stille.

Die Gesichter der beiden Übeltäter sind so weiß wie der Schnee ringsumher, und mit zitternden Beinen hangeln sie sich vom Schneeräumer herunter und starren auf den Tatort. Von der Krippe steht nur noch der König Balthasar aufrecht, der wegen seiner nachgeordneten Position außerhalb der Reichweite des Schneeräumers gewesen ist. Jetzt steht er alleine da, mit seinem nun nutzlosen Geschenk in den Händen. Wer ihm keinen Platz gemacht hat, ist umgekippt, zusammengefallen, auseinandergebrochen.

Als der kleine Veit mit zitternden Händen versucht, die Heilige Maria aufzurichten, fällt ihm ihr Kopf entgegen. Oh mein Gott, schlimmer geht's nicht! Der Schneeräumer hat sie geköpft! Der entsetzte Veit muss sofort an Onkel Korbinian denken, der bei einem Zusammenprall mit der Straßenbahn eine schwere Kopfverletzung davongetragen hat. Seither – so flüstert man in der Familie – sei sein Verstand «reif für die Mülltonne». Wenn schon Onkel Korbinian solch einen geistigen Schaden davongetragen hat, wie mag es dann erst für die Muttergottes ausgehen, deren ganzer Kopf weg ist? Dieser Gedanke trifft den Übeltäter bis ins Mark.

Der kleine Veit ist nach dem großen heiligen Veit benannt worden, der – unter anderem – der Schutzpatron der Bettnässer ist. Aber hier, in dieser schlimmen Situation, versagt sogar der große Heilige, denn sein kleiner Namensvetter hat sich vor lauter Entsetzen in die Hose gemacht …

Unterdessen, beim Anblick der leeren, umgefallenen Krippe, hat der stramme Max nach dem Jesuskind gefahndet und schon mehrere Schneehaufen vergeblich durchwühlt. Wo ist es nur? Er kann es nach diesem Unfall doch nicht einfach so liegen lassen! Das geht doch nicht! Schon gar nicht bei dieser Kälte! Es muss zumindest zurück in die Krippe und unter das warme Stroh. Max wühlt und gräbt und fahndet, aber das Jesuskind – so als wollte es sich für diesen ganzen frevelhaften Unfall rächen – bleibt unsichtbar.

Die beiden kleinen Übeltäter tauschen glasige Blicke aus und begreifen, dass sie hier nichts mehr tun können, weder für die geköpfte Maria noch für ihr abgängiges Kind. An Josef, König Caspar und König Melchior verschwenden sie keine Gedanken, da diese ohnehin nur von zweitrangiger Bedeutung sind. Und der einsame König Balthasar sieht aus, als wollte er sich von diesem ganzen unsäglichen Frevel ausdrücklich distanzieren.

«Lass uns verschwinden!»

«Nichts wie weg!»

Erst in diesem Augenblick bemerken sie den riesigen schwarzen Schatten neben dem Schneeräumer bei der Trümmerkrippe. Unbeweglich und still hat er die ganze Zeit dort gestanden. Eine spürbare Drohung geht jetzt von ihm aus. *Goliath, der Küster.* Ausgerechnet Goliath! Den kleinen Übeltätern rutscht das Herz in die Hose. Jetzt ist das Unglück perfekt. Jetzt kann nur noch ein Weihnachtswunder helfen.

Der nächste Tag ist der vierte Advent, und trotz Schnee und Kälte strömen viele Gläubige am Vormittag in die Kirche zum festlichen Gottesdienst, und alle werfen auf dem Weg zum Portal einen andächtigen Blick zur Krippe auf dem Vorplatz. Ja, sie steht tatsächlich da, und niemand sieht ihr an, was ihr gestern Abend widerfahren ist. Goliaths fähige Hände haben alles wieder eingesammelt, aufgerichtet und zusammengefügt. Sogar die Madonna und ihren Kopf.

Während des Gottesdienstes fällt allen Andächtigen auf, dass der Küster Goliath von zwei kleinen Helfern unterstützt wird, die eifrig um ihn herumwieseln und jeden kleinsten Wink sofort befolgen. Dies ist höchst erstaunlich, denn jeder weiß, dass der stramme Max und sein blasser Schatten Veit nicht zu der Sorte gehören, die sich für Kirchendienste begeistern können. Und als man nach dem Gottesdienst erfährt, dass die beiden Buben über die ganze turbulente Weihnachtszeit hinweg, bis zum Heiligen-Drei-Königstag, dem Goliath freiwillig zur Hand gehen werden, ist man geradezu verblüfft. Wer hätte gedacht, dass ausgerechnet in *denen* so viel Hilfsbereitschaft steckt, so ein edler Kern? Und die Väter der beiden kleinen Edelmütigen platzen vor

Stolz, und die Mütter haben feuchte Augen vor Rührung darüber, wie sehr ihre famosen Sprösslinge in dieser christlichen Aufgabe aufgehen.

Draußen in der Krippe auf dem Vorplatz scheint die Madonna amüsiert zu lächeln, und der König Balthasar lächelt wissend zurück.

Weihnachtsglück ist ein Blinzeln

Sigrid E. Günther

Müde blickte der Hund sie aus seinen tiefbraunen Augen an. Dann ließ er seinen Kopf wieder ganz langsam auf den Hügel von Decken sinken, auf dem er ruhte. Sanft glitten Grits Finger durch sein grau meliertes Fell.

«Der ist für jede Streicheleinheit zu haben», freute sich der alte Mann, der neben seinem treuen Begleiter auf der Treppe des Stadthauses saß. Vor ihm stand ein Pappschild mit den Worten: «Bubi braucht Hilfe. Bitte um eine kleine Spende!»

«Was hat Bubi denn?», fragte Grit besorgt.

«Bubi und ich sind seit fast sechs Jahren unzertrennlich und möchten noch viele Jahre gemeinsam verbringen. Doch jetzt hat Bubi einen Tumor im Bauch. Er muss operiert werden.» Aus den Augen des alten Herrn rollten bei diesen Worten bittere Tränen.

«Das tut mir leid», entgegnete Grit sichtlich bestürzt. «Wie viel Geld brauchen Sie denn für die OP?»

«Normalerweise würde die OP mit Tierklinikaufenthalt für zwei Tage weit über eintausend Euro kosten. Der Tierarzt kommt uns jedoch großzügig entgegen, und wir haben bereits Geld von tierlieben Menschen und einer gemeinnützigen Organisation bekommen. Aber hundert Euro brauchen wir unbedingt noch, damit ich dem Tierarzt morgen grünes Licht geben kann.»

Grit zuckte zusammen. Sie dachte sofort an die zwei 50-Euro-Scheine, die sie eben eingesteckt hatte. Damit wollte sie sich – nach einem schwierigen Jahr – nun selbst ein wenig belohnen: mit einem großen, kunstvoll geschmückten Adventskranz und ein paar Leckereien vom Adventsmarkt. Zu dem waren sie und ihre beste Freundin Konni, die etwas sprachlos neben ihr stand, nämlich unterwegs.

Die Kerzen auf dem Kranz sollten, so wie es ihrer Bestimmung entsprach, in jeder Adventswoche mehr Licht in das Dunkel dieser Zeit und damit auch mehr Hoffnung in Grits Leben bringen. Grit hatte dafür ziemlich lange gespart.

«Nun», sprudelte es aus Grit heraus, «ich gebe Ihnen alles, was ich dabeihabe, diese hundert Euro. Außerdem schreibe ich Ihnen meine Adresse und Telefonnummer auf. Melden Sie sich bitte, wenn Sie Hilfe brauchen. Haben Sie denn eine Möglichkeit, Bubi ein warmes Plätzchen zu bieten, bis seine Wunden geheilt sind?»

Der alte Mann weinte erneut, als er die Scheine und Grits Kontaktdaten mit zitternden Händen annahm, sich tausendmal bedankte und entgegnete: «Wir sind nachts in der Notunterkunft. Da haben wir alles, was wir brauchen. Aber Bubi nach der OP auch tagsüber dort zu lassen, geht sicher nicht.»

«Ich nehme Ihren Hund gern für ein paar Tage oder Wochen bei mir auf, falls er überhaupt bei mir bleiben würde. Wäre das in Ordnung für Sie, Herr …?»

«Ich heiße Erich Schäfers … und ja, Bubi ist es gewohnt, schon mal woanders zu bleiben. Er mag Sie. Und ich dürfte ihn doch sicher besuchen?»

«Aber natürlich, Herr Schäfers. Wie gesagt, ich helfe Ihnen gerne.»

«Warten Sie!», rief der alte Mann Grit und Konni noch hinterher, als sie schon ein Stück weiter ihres Weges gegangen waren. «Nehmen Sie für Ihre Großzügigkeit wenigstens diesen Nussknacker hier mit. Ein junger Mann vom Flohmarkt hat ihn mir geschenkt, weil ihn kein anderer haben wollte. Echt Erzgebirge! Er ist mir nur leider heute Morgen in den Schneematsch gefallen.»

Da spürte Grit einen Knuff gegen ihre Rippen. «Guck dir mal den kitschigen Stein an, den der Nussknacker in seinem Hut trägt. Eindeutig Billigware! Und anpacken würde ich den auch nicht», zischte Konni Grit leise ins Ohr.

«Lieben Dank, aber vielleicht können Sie den Nussknacker noch verkaufen und haben so ein paar Euro mehr für Bubi», meinte Grit. Dann gingen Konni und sie weiter in Richtung Adventsmarkt.

Anderthalb Wochen später klingelte es an Grits Wohnungstür. Vor ihr standen … der alte Mann und Bubi. Bubi trug einen dicken Verband um seinen Bauch und wirkte immer noch müde. Aber er erkannte Grit sofort wieder, blinzelte ihr freundlich zu und stupste sie mit seiner fiebrig warmen Nase an.

«Hallo, Herr Schäfers, ist die OP gut verlaufen?», fragte Grit den alten Herrn, und er lächelte erleichtert.

«Ja, der Tumor war gutartig. Der Tierarzt meint, Bubi sei auf einem guten Weg, wenn er sich nur schont und ich ihn vor der Kälte schützen kann.» Seine Wangen liefen bei diesen Worten rot an.

«Gerne nehme ich Bubi auf, wie versprochen.» Grit freute sich unbändig über diese gute Entwicklung für Hund und Herrchen, bat beide in ihr Wohnzimmer und holte für Bubi schnell eine kuschelige Decke. Auf Geheiß seines Herrchens legte er sich sofort darauf und schlief bald vor Erschöpfung ein. «Morgen kaufe ich sein Lieblingsfutter. Und in einem Prospekt habe ich so ein warmes Hundebett gesehen. Dabei habe ich gleich an Bubi gedacht. Muss ich noch etwas tun?»

Es gab ja so vieles zu beachten. Die Aufregung um eine optimale Betreuung des kranken Hundes hatte Grit vollständig in Beschlag genommen.

Dann tranken Grit und Herr Schäfers ganz in Ruhe eine Tasse Kaffee und besprachen alle wichtigen Einzelheiten. In seiner fürsorglichen Art erinnerte der alte Mann Grit an ihren verstorbenen Großvater. Und sie bekam ein schlechtes Gewissen, weil sie bisher nur an Bubi, aber kaum an das sicherlich schwere Schicksal seines Herrchens gedacht hatte.

Bubi genoss derweil ihre Streicheleinheiten und bäumte sich nur einmal erschrocken auf, als sein Herrchen sich von ihm verabschiedete: «Bubi, du bleibst hier. Hier geht es dir gut. Morgen komme ich wieder, und wir gehen zusammen zum Tierarzt.»

Natürlich jammerte Bubi hin und wieder, weil sein Herrchen fort war, er Fieber hatte und seine OP-Narbe zwickte. Doch insgesamt war Grit überrascht, wie gut er die fremde Umgebung akzeptierte. Bubi hatte ganz genau verstanden, dass dies hier nur zu seinem Besten geschah und sein Herrchen bald wieder bei ihm sein würde.

Nach einem letzten kurzen Gang um den Häuserblock legte Grit die Decke für Bubi auf den Teppich neben ihrem Bett. So konnte sie seinen Zustand auch in der Nacht regelmäßig überprüfen.

Am frühen Morgen zauberte Bubi ein Lächeln auf Grits Lippen, als er sie mit seiner schon kühleren Nase liebevoll anstupste. Anscheinend fiel das Fieber nach der OP immer weiter.

Lange hatte Grit sich nicht mehr so glücklich gefühlt. Wie viel mehr Licht brachte dieser liebenswerte Hund in ihr Leben, als die schönsten Adventskerzen es je gekonnt hätten. Bubis Zustand besserte sich von Tag zu Tag. Der frisch gekürte «Ersatz-Opa» Erich kam jeden Nachmittag zu Besuch, und Grit erfuhr viel über seine Lebensgeschichte, was sie demütig machte. So nahm sie sich vor, noch vor Weihnachten etwas zu regeln, um auch seine persönliche Lebenssituation zu verbessern.

Grit suchte und fand die Kontaktdaten seines jüngeren Bruders, der sich vor Jahren «für immer» von ihm distanziert hatte. Der Grund: Erich konnte den Unfalltod seiner Frau nicht verwinden. Er begann zu trinken, und sein jüngerer Bruder wusste sich keinen anderen Rat, als ihn aus dem alten Haus zu schmeißen, das die Brüder gemeinsam von den Eltern geerbt hatten. Er hatte einfach Angst, sein Bruder würde den Nachlass ihrer Eltern im Alkoholrausch verprassen.

Das alles war jedoch lange her. Erich hatte, seitdem Bubi an seiner Seite war, keinen Alkohol mehr angerührt und sehnte sich nach einem normalen Leben, gerade jetzt im Alter.

Auch sein jüngerer Bruder war nachdenklich geworden und hatte schon – allerdings vergeblich – nach seinem «verschollenen» Bruder gesucht. Das erklärte er Grit jedenfalls bei ihrem Anruf.

Einen Tag vor Heiligabend hatte Grit Konni und «Ersatz-Opa» Erich zu einem vorweihnachtlichen Essen eingeladen. Freudestrahlend stand Erich pünktlich vor Grits Tür und eröffnete ihr: «Mein Bruder hat mich in der Notunterkunft angerufen. Er will morgen in aller Frühe losfahren und mich hier abholen. Ich soll bei ihm Weihnachten feiern und eine kleine Wohnung in seinem frisch restaurierten Haus bekommen. Und er wird mir meinen elterlichen Erbteil als Rente auszahlen. Das alles haben wir dir zu verdanken! Schau, ich habe dir ein kleines Dankeschön mitgebracht.» Und schon überreichte er Grit eine längliche Pappschachtel. «Aber packe es erst morgen aus. Das ist ein wichtiger Teil der Überraschung!»

Es war ein fröhliches Mittagessen. Grit, Konni und auch Erich lachten viel. Als Erich dann mit dem neuen Hundebett unter dem Arm und Bubi an der Leine die Wohnung verließ, rollten Grits Tränen dennoch hemmungslos. Immer wieder sah sie das Bild vor sich, wie sich ihr «Weihnachtshund» in der Tür noch zweimal zu ihr umdrehte, so als wollte er sagen: «Komm doch mit!» Und wie er dann doch mit seinem liebenden Herrchen, dem er mit Recht so stark vertraute, verschwand. Bubi hatte sich einfach so tief in Grits Herz gegraben, und auch der Abschied von ihrem «Ersatz-Opa» tat weh.

«Warum heulst du hier rum?», fragte Konni streng in Grits Richtung. «Du hast diesem alten Herrn und seinem

Hund alle Liebe gegeben, die ein Mensch nur geben kann. Bubi ist wieder gesund, und sein Herrchen und er haben nun ein richtiges Zuhause! Kann es ein schöneres Happy End geben? Du musst jetzt loslassen! Jetzt ist sogar der Zeitpunkt, alles loszulassen, was dich seit vielen Monaten belastet! Schau endlich nach vorne!»

Nach einer sehr stillen und doch schlaflosen Nacht ohne Bubi an ihrer Seite hielt Grit sich Konnis weise Worte vor Augen und wurde allmählich ruhiger. Den heutigen Abend würde sie bei ihren Eltern verbringen. Alles war so, wie es an Heiligabend sein sollte. Doch es galt ja noch ein Geheimnis zu lüften … Grit holte die Pappschachtel aus dem Schrank. Zum Vorschein kam: der alte Nussknacker. Dieser war nun gründlich sauber geputzt. Unter dem Arm trug er zudem einen sorgsam gefalteten Brief.

Grit konnte kaum glauben, was sie dort las …

23. Dezember

Liebe Grit!

Ich wollte gestern einem Antiquitätenhändler meinen Nussknacker anbieten, damit ich mich ein wenig an deinen Kosten für Bubis Pflege beteiligen kann.
Er hat ihn genau geprüft und gesagt: «Das ist ja ein echter Schatz! Eine alte Sonderanfertigung aus einer Erzgebirgswerkstatt, vielleicht für ein Adelshaus. Der Stein in seinem Hut ist ein prächtiger Brillant. Dieser Nussknacker ist mindestens 15 000 Euro wert.»
Dann kam auch noch der Anruf meines Bruders. So viel Glück auf einmal! Es wird Bubi und mir gut gehen bis ans

Ende unserer Tage. Wir brauchen den Nussknacker nicht.
Du hast ihn verdient – mehr als jeder andere! Denn du
hast uns mit all deiner Liebe ein neues Leben geschenkt!
Verkaufe den Nussknacker und nutze das Geld. Vielleicht
schaust du ja mal wieder im Tierheim vorbei?
Wenn du diesen Brief liest, sind wir Hunderte Kilometer
weit weg und glücklich mit meinem Bruder und seiner
Familie vereint. Davon wirst du dich – wie ich hoffe –
spätestens im Frühling selbst überzeugen. Ich schicke dir
auf jeden Fall eine Bahnfahrkarte. Frohe Weihnachten!
Bubi und Erich
PS: Mein Bruder hat eine Werbeagentur und sucht
händeringend nach hoch qualifizierten und zuverlässigen
freien Mitarbeitern, die Aufträge im Homeoffice
übernehmen. Ich habe ihm schon deinen Anruf im neuen
Jahr versprochen …

In diesem Moment fiel die Morgensonne so durch das Fenster auf den Nussknacker, dass der Brillant in seinem Hut fast heller als der Stern von Bethlehem strahlte. Grit hatte Tränen in den Augen – vor Rührung. Dann zog sie sich flink an und fuhr tatsächlich noch ins Tierheim. Die Mitarbeiter waren sicher bis zum Nachmittag dort, und sie kannten Grit gut. Denn sie hatte oft Hunde ausgeführt, um ihnen etwas Abwechslung zu verschaffen.

Wie gerne hätte Grit schon früher zumindest einem von ihnen ein richtiges Zuhause gegeben. Aber zu unsicher war zu der Zeit ihre finanzielle Situation gewesen. Und heute? Ein Weihnachtswunder war geschehen. Grits Entschluss stand fest: Sie würde einen Tierheim-Hund für immer zu sich holen und mit ihm und ihrer Familie heute den ersten gemeinsamen Heiligen Abend feiern.

Mit hochrotem Kopf vor lauter Aufregung lief Grit durch die Zwinger-Reihen. Kurz vor der Nr. 38 blieb sie wie gebannt stehen. Ob Jenny, die anhängliche schwarze Hündin, die Grit nach ihren gemeinsamen Spaziergängen nur unter Tränen zum Zwinger zurückbringen konnte, noch hier im Tierheim war? Grit schaute ängstlich um die Ecke.

Da stand ihr «Weihnachtshund» tatsächlich schon am Gitter, steckte seine kleine Nase hindurch und stupste damit aufgeregt Grits ausgestreckte Hand an. Die treue Jenny strahlte dabei über ihr ganzes liebes Hundegesicht. Sie freute sich unbändig und blinzelte Grit zu. Dabei funkelten ihre tiefbraunen Augen vor froher Erwartung …

Der Weihnachtskalender

Peter Warnecke

Der Weihnachtskalender, wer kennt ihn nicht aus seiner Kindheit? Die Vorderfront zierte meist ein buntes Bildchen mit einem Weihnachtsmann im roten Mantel und mit einer dicken roten Knollennase, der schwer an einem überquellenden Sack voller Geschenke zu schleppen hatte, während Kinder mit roten pausbäckigen Wangen im weißen Schnee um einen Schneemann oder in der heimeligen Stube um einen reich geschmückten grünen Tannenbaum herumtollten.

Bild hin oder her, was uns Kinder am meisten an einem Weihnachts- oder Adventskalender interessierte, war die Schokolade, die sich hinter den 24 Türchen verbarg. Es erforderte eine für Kinder fast unmögliche Selbstdisziplin, pro Tag nur ein Türchen zu öffnen, um die leckere Köstlichkeit genüsslich zu verspeisen.

Auch mir erging es als fünfjähriger Bub vor mehr als fünfzig Jahren nicht anders. Eine Woche lang konnte ich der Versuchung noch widerstehen, stets die Mahnung der Eltern im Ohr, täglich jeweils nur ein Türchen zu öffnen. Am achten Tag konnte ich es nicht mehr aushalten. Wenn ich ganz vorsichtig das Türchen halb öffnete, konnte ich die Schokolade doch sicher unbemerkt herausnehmen. Mir lief bereits das Wasser im Mund zusammen. Behutsam versuchte ich, an die Schokolade heranzukommen.

«Was machst du da?»

Meine um fast vier Jahre ältere Schwester stand mit in die Hüften gestemmten Händen hinter mir und funkelte mich mit blitzenden Augen an. Ich zuckte zusammen. Sie hatte mich erwischt. Was sollte ich da zu meiner Verteidigung so schnell vorbringen?

«Das darfst du nicht», zischte sie mich an. «Das ist streng verboten.»

«Ähm, ich wollte nur nachsehen, ob wirklich hinter jedem Türchen ein Schokoladenstück steckt», versuchte ich mich herauszureden. «Und außerdem wollte ich testen, ob die Schokolade für morgen so gut schmeckt wie die von heute.»

Doch beides zog bei ihr nicht. «Nimm dir ein Beispiel an mir», sagte sie belehrend, «jeden Tag nur ein Stückchen Schokolade. Ich werde das bei dir kontrollieren.»

Puh, konnte die streng sein. Das hatte gesessen. Die Tage bis Weihnachten bremste mich das schlechte Gewissen aus, sodass ich brav und artig in diesem Jahr täglich nur ein Schokoladenstückchen zu mir nahm.

Es war im darauffolgenden Jahr, als ich in der gemütlichen Vorweihnachtszeit in das Zimmer meiner Schwester kam.

Sie öffnete gerade ein Türchen ihres Weihnachtskalenders. In dem dafür vorgesehenen Fach befand sich keine Schokolade mehr. Das war deutlich zu sehen. Als sie mich bemerkte, zuckte sie überrascht zusammen. Sie versuchte, die Situation geschickt zu überspielen, indem sie ein ärgerliches Gesicht zog.

«Schon wieder so ein blöder Fabrikationsfehler», klärte sie mich auf und zeigte auf die schokoladenfreie Einbuchtung hinter dem Türchen. «Das kommt leider immer häufiger vor in diesem Jahr. Sei froh, dass bei dir bisher immer Schokolade drin war.»

Im ersten Moment konnte ich mein Glück kaum fassen, dass dies ihr und nicht mir passiert war. Ich wollte mich schon davonmachen, bevor sie noch auf die Idee käme, dass ich in ihrem Pech meine Schokolade mit ihr teilen müsste. Doch dann sah ich die merkwürdig verbeulten ungeöffneten Türchen an ihrem Kalender.

«Du hast deine ganze Schokolade schon vernascht», rief ich verblüfft.

«Pssst, nicht so laut, du Schreihals.» Bevor ich sie noch verpetzte, weihte sie mich lieber in ihr Geheimnis ein.

Denn ein Geheimnis behält man für sich und sagt es niemandem weiter. Das machte sie mir an diesem Tag noch einmal deutlich klar. Als Gegenleistung für meine Verschwiegenheit brachte sie mir dann bei, wie man die Schokolade von hinten aus dem Weihnachtskalender entnehmen konnte.

An diesem Abend hatte auch ich einen schönen vollen Schokoladenbauch.

Etliche Jahre später, ich war inzwischen verheiratet und mit eigenem Nachwuchs ausgestattet, hatte meine Frau vier hübsch anzusehende Weihnachtskalender für unsere drei Kinder und mich besorgt. Die streng einzuhaltende Gebrauchsanweisung («Jeden Tag nur ein Türchen und nur ein Stück Schokolade») gab es gratis dazu. Am ersten Dezember öffnete ich das erste Türchen und genoss die Schokolade. Ich war nach diesem Schokoladenstückchen erst auf den Geschmack und dann zu der Erkenntnis gekommen, dass ein zweites Stückchen sicherlich nicht schaden würde. Allerdings erschien es mir ratsam, den vorderen Teil des Kalenders unbeschädigt aussehen zu lassen.

Ich erinnerte mich an den Trick meiner Schwester, den sie mir damals beigebracht hatte, als sie es mit den täglichen Rationen selbst nicht mehr so genau nahm. Das müsste doch heute auch zu schaffen sein. Also bröckelte ich von hinten an dem Kalender herum. Allerdings war ich anscheinend aus der Übung gekommen, denn zwei Türchen auf der Vorderseite des Kalenders wiesen bereits verdächtige Beulen auf.

«Was machst du da?» Mein achtjähriger Sohn stand plötzlich da und beobachtete mich grinsend.

Ich zuckte zusammen. «Ähm, ich wollte nur nachsehen, ob wirklich hinter jedem Türchen ein Schokoladenstück steckt. Und außerdem wollte ich testen, ob die Schokolade für morgen so gut schmeckt wie die von heute.»

«Und da holst du die Schokolade von hinten aus dem Kalender?»

«Ja, ich wollte die Türchen vorne nicht beschädigen», sagte ich kleinlaut.

«Komm, ich zeig dir, wie man es richtig macht.» Mit wenigen Handgriffen ließ mein Sohn geschickt die Schokolade von hinten aus dem Weihnachtskalender rutschen. «Und jetzt helfe ich dir bei dem Test.»

Dankbar nahm ich sein Angebot an, in der Hoffnung, dass nicht nur die Türchen dichthielten.

Der Busfahrer als
Weihnachtsbaumverkäufer

Dietmar Sehn

Als Reiseleiter komme ich bei jeder neuen Tour mit einem anderen Busfahrer in Kontakt und erfahre mitunter seltsame Geschichten. So auch diese vom Busfahrer Karl.

Er fuhr leidenschaftlich gern sein Fahrzeug. Noch leidenschaftlicher lag ihm allerdings der Weihnachtsbaumverkauf im Dezember am Herzen.

Karl nahm deswegen regelmäßig im Weihnachtsmonat seinen Jahresurlaub und verkaufte dann Kiefern und Tannen – er liebte den Duft der Bäume und die magische Anziehungskraft, den dieser auf die Käufer ausübte.

«Vor ein paar Jahren», so schwärmte er, «hatte ich eine ungewöhnliche Begegnung. Jeden Nachmittag tauchte ein Zwölfjähriger auf. Jasper half mir beim Baumverkauf oder sah nur zu. Manchmal brachte der Junge ein Schulbuch mit und las bei einer Flaute beim Verkauf. Ich erledigte mit ihm sogar Matheaufgaben. Er erzählte, wenn auch zögerlich, von seinem Zuhause und blieb vier, fünf Stunden, am Wochenende fast den ganzen Tag. Älteren Leuten bot er seine Hilfe beim Baumtransport an und verdiente sich so ein kleines Zubrot. Der Steppke hing mir bis auf den letzten Tag an den Fersen. Zum Heiligabend schenkte er mir einen kleinen Schokoladenweihnachtsmann. Ich hatte auch an ihn gedacht. Er freute sich riesig über das Battle-Set und umarmte mich.»

Karl schnaufte. «Mir gefällt diese Art von Arbeit. Immer wieder erlebe ich heitere, aber auch nachdenkliche Momente. Da war mal eine alte Dame, die über eine halbe Stunde die Bäume begutachtete und schließlich ohne Baum gehen wollte. Sie hatte einfach kein geeignetes Exemplar gefunden. Ich kam rechtzeitig zu Hilfe. Sie stotterte: ‹Lieber Herr, so schön die Bäume sind, mir fehlt das Geld für ein Bäumchen, komme mit meiner Rente kaum über den Monat.› Ich hatte Mitleid und schenkte ihr einen Baum. Am nächsten Tag brachte mir die Frau selbst gebackene Kekse.»

Und Karl plauderte weiter. «Einmal zankte sich ein Ehepaar über die Bäume. Einer schrie den anderen an, und schließlich marschierten sie einzeln von dannen, ohne Baum. Ein anderes Beispiel: Ein junger Mann suchte zu Nikolaus nach dem schönsten Baum. Er wollte seiner Freundin damit angeblich eine Überraschung bereiten, doch er lallte, dass ihm die Bäume zu wenig Äste hätten, die Spitzen seien zu schief und die Statur zu krumm. Daraufhin ging er einfach wieder und murmelte etwas von dem Blumengeschäft um die Ecke.»

Karl unterbrach seine eigene Schwärmerei: «Kannst du verstehen, warum ich so gern Weihnachtsbäume verkaufe?»

Ich schüttelte den Kopf und fragte: «Was sagt denn deine Frau zu diesem Zeitvertreib?»

«Das war meist ein großes Problem», stöhnte Karl. «Die

Plätze sind immer irgendwo in der Republik, manchmal hundertfünfzig Kilometer von zu Hause entfernt. Vor vier oder fünf Jahren kam ich zu Heiligabend erst nach den Aufräumarbeiten abends um zehn nach Hause, war müde und kaputt. Ich legte mich geschafft auf die Couch und schlief zwölf Stunden durch bis zum ersten Feiertag. Ein Geschenk für meine Frau hatte ich glatt vergessen, und am zweiten Weihnachtsfeiertag war mein Urlaub schon zu Ende. Ich musste wieder auf Tour, eine Weihnachts- und Silvesterfahrt stand auf dem Programm. Daraufhin hat sie die Scheidung eingereicht.»

Ich bedauerte: «Das ist der Lohn für den Weihnachtsbaumverkauf.»

Doch Karl lächelte. «Dieses Jahr verkaufe ich wieder Nordmanntannen. Der Verkauf entspannt, macht mich glücklich.» Er schaute in mein ratloses Gesicht und meinte: «Inzwischen ist die Scheidung mit meiner Frau vollzogen, und meine neue Freundin ist einfach klasse.»

Zwei Jahre später traf ich Karl erneut bei einer Bustour. Er schwärmte von Rosi, seiner inzwischen nicht mehr ganz neuen Freundin, die selbst Busse fuhr und Bäume über alle Maßen mochte. Im Weihnachtsmonat wird sie vom Betrieb sogar von der regulären Arbeit freigestellt. Nun verkaufen beide die grünen Tannen und Kiefern.

Karl und Rosi haben sogar ein nobles Wohnmobil neben der eingezäunten Verkaufsfläche gemietet. Im Revier der Weihnachtsbäume und in ihrem Wohnwagen sind sie glücklich verliebt, wie im siebten Himmel. Die Funken sprühen, wie am ersten Tag.

Mein Gott, wie schwer fiel mir die unglaublich kuriose Story zu verstehen und zu glauben. Doch tatsächlich. Karl und Rosi schreiben in ihrer Leidenschaft nicht nur ein Stück Weihnachts-, sondern ein Stück Liebesgeschichte.

Das Praktikum

Frank Hiller

Die Rentiere reagierten nicht, als sich in der Heiligen Nacht eine kleine Gestalt lautlos dem Schlitten näherte. Eigentlich war es eine ihrer Aufgaben, den Weihnachtsmann zu warnen, falls Personen in Sichtweite auftauchten und er drohte, entdeckt zu werden. Die Tiere dösten jedoch vor sich hin, während der Weihnachtsmann damit beschäftigt war, den Geschenkesack transportfertig zuzuschnüren. Er zog den letzten Knoten fest und begutachtete sein Werk im Licht des Vollmondes mit fachmännischem Blick. Da tippte ihm jemand von hinten an den rechten Ellenbogen. Der Weihnachtsmann machte einen Satz zur Seite und wirbelte herum. Ein Männlein, kaum größer als ein Kind, mit grünem Mäntelchen und roter Zipfelmütze stand vor ihm. Ein Weihnachtself.

«Meine Güte! Hast du mich erschreckt!», ächzte der Weihnachtsmann und entspannte sich wieder. In seiner linken Manteltasche suchte er nach seinen Herztabletten. «Bist du neu? Ich glaube, dich habe ich unter meinen Weihnachtselfen noch nicht gesehen!», sprach er und schnippte sich eine der Tabletten in den Mund.

Schweigend hielt ihm der Elf einen fleckigen Zettel entgegen. In großen krakeligen Buchstaben war darauf etwas notiert: *PRAKTIKUM*. Die Augenbrauen des Weihnachtsmannes hoben sich. Für einen Moment herrschte Stille.

«Du willst bei mir ein Praktikum machen?», fragte er verblüfft.

Der Elf blickte stumm zu ihm auf.

«Na ja, leise genug für den Job scheinst du zu sein», fuhr der Weihnachtsmann fort und überlegte kurz. Irgendwie fühlte er sich geschmeichelt. «Also gut. Komm mit! Ich zeige dir, wie man unbemerkt Geschenke verteilt.»

Er warf sich den prall gefüllten Sack über die Schulter und marschierte los in Richtung eines der Häuser an der Straße. Dort angekommen, blieb er am Regenrohr des Gebäudes stehen. Er glaubte nicht, dass der Elf die kräftezehrende Arbeit lange durchhalten würde. Dafür fehlte ihm einfach das jahrelange Training. Aber ein Versuch konnte nicht schaden. Der Weihnachtsmann stutzte. War ihm der kleine Kerl überhaupt gefolgt? Er drehte sich um und zuckte zusammen. Der Elf stand direkt hinter ihm.

«Donnerwetter! Dich hört man ja kein bisschen», flüsterte der Weihnachtsmann beeindruckt und wandte sich wieder dem Regenrohr zu. «Nun denn, mir nach!», sprach er und begann mit dem Aufstieg zum Dach.

Oben angekommen, spürte er nicht zum ersten Mal sein fortgeschrittenes Alter. Er rang nach Luft und musste sich am Schornstein abstützen. Schweiß lief ihm den Hals hinunter. Herrje, er durfte vor dem Neuen nicht schlappmachen. Sicher brauchte der jetzt seine Hilfe. Er drehte den Kopf herum und zuckte erneut zusammen. Wieder stand der Elf hinter ihm. Anzeichen von Erschöpfung zeigte er nicht. Nicht einmal kleinste Schweißperlen waren auf seiner Stirn zu erkennen.

«Sehr schön», sagte der Weihnachtsmann und bemühte sich, einen körperlich fitten Eindruck zu machen. «Das war der leichte Teil. Jetzt kommt die eigentliche Herausforderung», flüsterte er und fügte mit erhobenem Zeigefinger und strenger Miene hinzu: «Und ganz wichtig: Niemand darf geweckt werden!»

Einen Moment lang ließ er diese Anweisung bei dem Elfen wirken. Dann beugte er sich demonstrativ lässig vor, um durch die Öffnung des Schornsteins zu steigen, verlor dabei aber das Gleichgewicht, überschlug sich und verschwand kopfüber im Schacht. Einen Augenblick später konnte der verwunderte Elf tief unten etwas dumpf aufschlagen hören. Ein leises Ächzen drang kurz danach zu ihm hinauf.

«Alles o.k. Kannst runterkommen!», signalisierte der Weihnachtsmann mit heiserer Stimme vom Grund des Schachts, und der Elf kletterte vorsichtig hinterher.

Wenig später entstiegen beide nacheinander dem Kamin und betraten ein gut geheiztes Wohnzimmer. Die Sicht im Raum war jedoch schlecht. Die Lichterkette des geschmückten Weihnachtsbaumes spendete kaum Beleuchtung. Kein Laut war im Haus zu hören. Die Bewohner schliefen tief und fest. Gott sei Dank war niemand von dem Aufprall geweckt worden. An der gegenüberliegenden Zimmerwand war der dunkle Umriss eines Sofas zu erkennen. Der Weihnachtsmann ging entschlossen darauf zu und stellte den recht schweren Geschenkesack auf der stockfinsteren Sitzfläche des Möbelstücks ab.

Irgendein Vorfall aus dem letzten Jahr war mit diesem Haushalt verknüpft. Er grübelte, konnte sich jedoch nicht mehr erinnern, welcher es gewesen war. Achselzuckend schob er den Gedanken beiseite und begann, die Geschenke geräuschlos unter dem Weihnachtsbaum zu verteilen. Sein Praktikant sollte lernen, wie so etwas korrekt gemacht wurde. Diese Arbeit verlangte stets ein gewissenhaftes Vorgehen. Den Kopf geneigt, betrachtete er im schwachen Schein der Lichterkette das fertige Arrangement und sah sich zufrieden nach dem Elfen um. Doch der war plötzlich verschwunden. Wo war der Kleine hin? Der Weihnachtsmann spielte mit der Idee, leise nach ihm zu rufen. Aber wie sollte er den Elfen nennen?

Aus einem Nachbarraum vernahmen seine Ohren ein grelles Surren, gefolgt von einem gurgelnden Geräusch. Die Küche, schoss es ihm durch den Kopf, und er sprintete quer durch das Wohnzimmer in einen schmalen Hausflur. Am Kücheneingang blieb er wie angewurzelt stehen. Das helle Licht einer eingeschalteten Deckenlampe strahlte ihm in die Augen. Der Elf war auf einen Stuhl gestiegen und hantierte an einer blinkenden Kaffeemaschine herum, die auf dem Küchentisch stand. Feiner Duft von frisch aufgebrühtem Kaffee lag bereits in der Luft. Das Gurgeln ging nun in ein hässliches Röcheln über.

«Was zum Kuckuck…?», zischte der Weihnachtsmann, sprang zum Küchentisch und zog kurzerhand den Stromstecker der Kaffeemaschine aus der Steckdose heraus. Das Röcheln ebbte langsam ab. Fassungslos sah er zu seinem Praktikanten.

«*MIT FLÜSTERMODUS!*», schrie das kleine Männlein

begeistert und tippte stolz auf einen Werbeaufkleber an der Kaffeemaschine. Für den Bruchteil einer Sekunde hallte die überraschend schrille Stimme des Elfen in zwei Edelstahlschüsseln auf dem Küchenregal wider.

Ganze Muskelgruppen im Gesicht des Weihnachtsmannes zuckten wild durcheinander. Ein dumpfer Schlag, als wäre jemand aus einem Bett gefallen, ertönte vom Stockwerk über ihnen. Etwas schleifte über den Fußboden, und der Weihnachtsmann spitzte angespannt die Lippen.

Einen Augenblick lang blieb es still. Dann öffnete sich im oberen Stockwerk eine Tür. Jetzt war schnelles Handeln angesagt.

Er packte den Elfen am Kragen, hob ihn an und flitzte mit ihm zurück ins dunkle Wohnzimmer. Als er auf den Kamin zustürmte, um durch den Schornstein zu fliehen, fiel ihm gerade noch rechtzeitig der Geschenkesack auf dem Sofa ein. Er setzte das kleine Männlein ab und hechtete zum Möbelstück hinüber. Mit schweren Schritten kam jemand die Treppe im Hausflur hinunter. Hastig streckte der Weihnachtsmann seine Hand aus, bekam den halb vollen Beutel auf der unbeleuchteten Sitzfläche des Sofas zu fassen und riss ihn an sich. Ein Schnarchen setzte ein, und der Weihnachtsmann wich erschrocken zurück.

Es klickte. Am Lichtschalter einer leuchtenden Stativlampe stand der Elf und guckte erstaunt zum Sofa. Auf dessen nun angestrahlter Sitzfläche lag ein alter Mann in eine dünne Wolldecke gehüllt und erwachte langsam aus dem Schlaf. Ein Hörgerät baumelte an seiner linken Ohrmuschel, während er sich benommen den Bauch rieb, auf dem der Geschenkesack die ganze Zeit geruht hatte. Dann wanderte sein Blick zum Weihnachtsmann. Schlagartig wurde der Greis hellwach.

«Ahaaa!», ertönte es triumphierend aus dessen Mund.

Von Entsetzen erfüllt, weiteten sich die Augen des Weihnachtsmannes. Jetzt erinnerte er sich wieder. Letztes Jahr hatte er vergessen, eines der in Auftrag gegebenen Geschenke hier unter den Baum zu legen.

«Erwin!», rief der alte Mann aufgeregt durchs Haus. «Ich hab ihn!»

Es klickte erneut, und die Stativlampe erlosch. Panisch stürmten der Weihnachtsmann und der Elf zum Kamin und quetschten sich gleichzeitig durch den Schornstein nach oben.

Da erschien auch schon ein großer kräftiger Mann im Pyjama in der Wohnzimmertür und schaltete den Kronleuchter ein. Letzte Rußpartikel rieselten noch aus dem Schornsteinschacht zu Boden.

«Nächstes Mal kriegen wir dich!», brüllte der Pyjamamann den beiden hinterher.

«In solchen Situationen», sprach der Weihnachtsmann, auf dem Dach des Hauses angekommen, «muss man als Profi stets einen kühlen Kopf bewahren.»

Der Elf sah stumm zu ihm auf.

«So, die Geschenke verteilen sich nicht von alleine. Weiter geht's zum nächsten Haus!», fuhr der Weihnachtsmann fort. Beim Anblick des Nachbargebäudes spürte er allerdings ein warnendes Stechen in der Magengrube. Wenn ihm bloß einfallen würde, was dort einst schiefgelaufen war.

Passend zur Adventszeit

Anneli Klipphahn

Während die neunjährige Nele am Wohnzimmertisch saß und Sterne bastelte, stand ihr älterer Bruder Florian am Fenster und schimpfte: «Doofer Regen. Wenn es wenigstens schneien würde, aber so … Bei diesem Wetter ist der Fußballplatz voller Matsche. Und Fahrrad fahren ist auch blöd … und Tim und Paul hocken garantiert wieder vor ihren Computern. Wenn wir wenigstens fernsehen dürften …»

«Dauernd hast du was zu meckern!», unterbrach Nele ihn. «Ich finde es total gemütlich in unserer geschmückten Adventsstube.»

«Du bist eben eine Stubenhockerin.» Florian wandte sich zu Nele um. «Dir genügt es, wenn wir ab und zu mit Mama und Papa hier sitzen, Kerzen anzünden und den Räuchermann nebeln lassen.»

«Ich bin keine Stubenhockerin!», fuhr Nele ihn an. «Außerdem könntest du auch endlich mal anfangen, ein paar Geschenke für Weihnachten zu basteln.»

«Dazu habe ich noch genug Zeit.» Florian zeigte auf den Kalender an der Wand. «Morgen ist erst der zweite Advent.

Außerdem frage ich mich, was du mit den vielen Sternen machen willst. Damit kannst du ja die ganze Stadt schmücken.»

«Na und?» Zufrieden betrachtete Nele ihren neu gebastelten Stern. «Der ist doch schön! Als ich so einen das erste Mal gesehen habe, dachte ich gar nicht, dass ich das hinkriege.»

«Ph!» Florian winkte ab. «Das ist doch nichts Besonderes! Wenn ich Lust hätte, könnte ich …»

Plötzlich läutete es an der Wohnungstür. Draußen stand der alte Herr Wunderlich, der unten im Erdgeschoss wohnte. Er hielt einen Karton in den Händen und blickte von einem zum anderen. «Also ich …» Er räusperte sich. «… ich bin gerade am Aufräumen. Ihr wisst ja, dass meine Frau im letzten Sommer gestorben ist.»

Nele und Florian nickten. «Das war sehr traurig», sagte Nele.

«Also meine Frau … die hat gern gebastelt», fuhr Herr Wunderlich fort. «Deshalb hatte sie immer jede Menge farbiges Papier im Haus … und noch so verschiedenen anderen Kram.» Er deutete mit dem Kopf auf den Karton. «Ich kann damit nichts anfangen, und da dachte ich …» Er räusperte sich erneut. «Vielleicht könnt ihr davon etwas gebrauchen, für die Schule oder so …?»

«Oh ja!» Lachend klatschte Nele in die Hände. «Buntes Papier und so brauche ich immer, ich mache nämlich gerade neue Sterne. Warten Sie mal, ich zeige Ihnen einen.»

Während Nele ins Wohnzimmer flitze, nahm Florian dem alten Herrn den Karton ab und bedankte sich. «Meine Schwester wird das garantiert nutzen.»

«Hm.» Herr Wunderlich zwinkerte ihm zu. «Du scheinst auch nicht so viel damit anfangen zu können. Leider habe ich nun gar nichts für dich dabei.»

«Das macht doch nichts.» Grinsend zuckte Florian mit den Schultern. «Ich habe ja auch nichts für Sie.»

Schon war Nele wieder da und drückte Herrn Wunderlich einen Stern in die Hand. «Der ist für Sie.»

«Oh, der ist aber schön!» Lächelnd hob der alte Herr den Stern in die Höhe. «Vielen Dank! Den werde ich mir gleich ans Fenster hängen.»

Nele nahm ihrem Bruder den Karton ab. «Und ich bin schon gespannt, was hier alles drin ist. Vielen Dank, Herr Wunderlich!»

Kurz darauf packte Nele unter vielen Ahs und Ohs Perlen und Schnüre, Holzplättchen und Wackelaugen, Moosgummi, Filz und jede Menge verschiedene Bastelpapiere aus.

«Herr Wunderlich hat sich echt über deinen Stern gefreut», sagte Florian. «Das hätte ich nicht gedacht.»

«Da siehst du mal!» Nele schaute von ihren neuen Bastelsachen auf. «Vielleicht kann ich ja noch mehr Leuten aus dem Haus etwas schenken?»

«Einfach so?» Florian war skeptisch. «Denkst du etwa, die Leute freuen sich über so etwas?»

«Bestimmt!», rief Nele. «Herr Wunderlich hat sich schließlich auch gefreut.»

«Ach, mach doch, was du willst.» Florian winkte ab. «Aber den Neumanns würde ich nichts schenken, die haben selber Kinder. Und der alten Frau Sauer auch nicht, die ist so ein richtiges Meckermonster.»

«Stimmt.» Nele zog die Brauen zusammen. «Erst gestern hat Frau Sauer mich wieder ausgeschimpft, weil meine Schuhe so dreckig waren. Aber ich konnte doch nichts dafür – bei dem Wetter – soll ich etwa über die Treppe fliegen, wenn ich von draußen komme?»

Florian lachte. «Da musst du eben mal eine Seilbahn durchs Haus basteln. Dabei würde ich sogar mitmachen!»

«Ja, das wäre cool», kicherte Nele. «Da könnten Mama und Papa dann auch gleich ihre schweren Einkaufstüten reinstellen.»

Schließlich nahm Nele einen ihrer gebastelten Sterne und sagte: «Den bringe ich der alten Frau Anton. Die ist immer so lieb. Kommst du mit?»

Florian zuckte mit den Schultern. «Von mir aus. Ich kann ja heute eh nichts Gescheites machen.»

Sabine Sauer schnellte aus ihrem Sessel hoch, lief in den Flur und horchte an der Wohnungstür. Da sprang doch tatsächlich wieder jemand die Treppe herab! Bestimmt waren das wieder die Kinder aus der zweiten Etage! Dabei hatte sie denen das doch schon tausend Mal verboten, aber die hörten einfach nicht auf sie, sie hüpften und tobten durch die Gegend, als wären sie auf dem Sportplatz. Und die Eltern waren auch nicht besser; oftmals redeten und lachten sie so laut im Treppenhaus herum, dass es ihr in den Ohren schallte wie bei einer Bahnhofsdurchsage. Und gute Ohren hatte sie, da konnte ihr niemand in ihrem Alter das Wasser reichen. Jetzt hörte sie es ganz deutlich – das waren die Stimmen von Nele und Florian Berger! Die und ihre Eltern mit ihrem fröhlichen Familienleben gingen Sabine Sauer dermaßen auf die Nerven, dass sie sich berufen fühlte, ihnen die Augen zu öffnen – über die Unverschämtheit ihrer lärmenden Gören, die es nicht für nötig hielten, sich die Schuhe abzutreten, leise durchs Haus zu gehen und die älteren Leute freundlich zu behandeln.

Zwar wünschten Nele und Florian ihr einen guten Tag, wenn sie sie sahen, aber das war auch schon alles. Sabine Sauer war sich sicher, dass sie das nur taten, um keinen Ärger zu bekommen, in Wirklichkeit interessierten sie sich garantiert nicht die Bohne für die Befindlichkeiten einer alten Frau, die Tag für Tag mit ihrer Einsamkeit klarkommen musste, während sie und ihre vielen Freunde fröhlich durchs Leben hüpften. Aber mit ihr konnten sie das nicht machen, mit ihr nicht, sie würde denen schon zeigen …

Heftig riss Sabine Sauer die Tür auf – gerade in dem Moment, als Florian dabei war, die letzten vier Stufen auf einmal herunterzuspringen, um mit einem lauten Knall direkt vor der Wohnungstür ihrer Nachbarin, Frau Anton, zu landen.

«Was fällt euch ein!», schimpfte Frau Sauer, so laut sie konnte. «Dieses Haus ist keine Sporthalle! Auf dieser Etage wohnen alte Leute, die ihre Ruhe brauchen, wann begreift ihr das endlich!»

«'tschuldigung!»

Während Florian sie erschrocken anblickte und um Entschuldigung bat, streckte die kleine Nele ihr einen wunderschönen Stern entgegen und sagte schüchtern: «Für Sie, Frau Sauer. Den habe ich selbst gemacht.»

«Für mich?» Ungläubig musterte Sabine Sauer die Bastelarbeit. Sie hatte solche Sterne schon oft bewundert, aber leider war sie selbst nicht besonders geschickt in diesen

Dingen – und viel Geduld hatte sie auch nicht. Viel erstaunlicher war jedoch, dass die Kinder gerade ihr etwas schenkten, damit hätte sie nie gerechnet. «Dieser Stern … der ist wunderschön», stammelte sie. «Der hat doch bestimmt viel Arbeit gemacht … bist du sicher, dass … dass der für mich ist?»

Nele nickte heftig. «Ja, Frau Sauer. Ich habe schon viele solche Sterne gebastelt, die können wir gar nicht alle in unserer Wohnung aufhängen, wir haben doch noch so viel anderen Weihnachtsschmuck.»

Sabine Sauer schluckte. «Ähm … also dann … vielen Dank.» Zaghaft nahm sie den Stern entgegen und betrachtete ihn von allen Seiten.

«Sorry noch mal», sagte Florian. «Ich hab das nicht mit Absicht gemacht, ich …»

«Flori wollte Sie wirklich nicht ärgern», unterbrach Nele ihren Bruder. Dabei blickte sie Frau Sauer mit großen Augen an. «Eigentlich spielt Flori ja viel lieber draußen Fußball, aber das Wetter ist so schlecht heute, und da geht das mit dem Fußballspielen nicht. Und Mama sagt immer: Wenn Flori nicht rauskann, hat er Hummeln in den Beinen und macht nur Unsinn.»

Sabine Sauer wusste in diesem Moment selbst nicht, was mit ihr geschah. Das Geschenk, die Worte und die Blicke des kleinen Mädchens trafen sie wie warme Sonnenstrahlen nach einer langen, dunklen Winternacht.

«Schon gut», brummte sie mit belegter Stimme. «Es … also, es tut mir leid, dass ich so sehr geschimpft habe, das Wetter heute ist ja wirklich nicht schön. Möchtet ihr vielleicht…» Sie räusperte sich. «… wollt ihr vielleicht mal hereinkommen? Ich habe Plätzchen gebacken … weil das eben so Tradition ist in der Adventszeit, aber … aber allein macht mir das Naschen gar nicht so viel Freude …»

«Gern.» Nele klatschte in die Hände. «Ich esse für mein Leben gern Plätzchen.» Dann wandte sie sich zu ihrem Bruder um. «Du magst Plätzchen doch auch, Flori, stimmts?»

«Klar.» Florian nickte und zog sein Handy aus der Hosentasche. «Ich schreibe nur rasch eine Nachricht an Mama, damit sie weiß, wo wir sind.»

Lächelnd deutete Sabine Sauer auf ihre offene Tür: «Na, dann mal herein in die gute Stube. Sucht euch einen Platz und macht es euch gemütlich.»

Am Abend erzählten Nele und Florian ihren Eltern von Herrn Wunderlich und von ihrem Besuch bei Frau Sauer.

«Eigentlich wollte ich meinen Stern ja Frau Anton bringen», sagte Nele, «aber als Frau Sauer dann so geschimpft hat, habe ich ihn ihr gegeben. Frau Anton kann ich ja morgen noch einen anderen schenken.»

Florian nickte. «Ich habe echt gestaunt, dass Frau Sauer sich so freut. Die war wie umgewandelt, total freundlich. Und ihre Plätzchen waren voll lecker!»

«Und sie hat uns von früher erzählt», fuhr Nele fort. «Die hatte es ganz schön schwer im Leben. Als sie Kind war, war Krieg, da ist ihr Papa gestorben. Und sie hat sich immer Kinder gewünscht, aber nie welche bekommen. Und dann hat sich ihr Mann auch noch eine andere Frau gesucht.»

«Hm», brummte Florian. «Trotzdem ist das kein Grund, ständig über alles zu meckern.»

Nele wandte sich ihm zu. «Ab jetzt wird sie bestimmt

nicht mehr so viel meckern. Du hast doch selbst gesagt, sie war wie umgewandelt.»

«Stimmt», antwortete Florian. «Ich hätte nie gedacht, dass die uns mal zu sich in die Wohnung einlädt.»

Mama und Papa hatten ihnen schweigend zugehört. Jetzt strich Mama Nele über den Kopf. «Also ich finde es klasse, dass du Frau Sauer einen Stern geschenkt hast.»

Nele zuckte mit den Schultern. «Das ist einfach so passiert.»

Papa nickte. «Netten Menschen etwas zu schenken, ist leicht. Aber manchmal brauchen die, die nicht so freundlich sind, unsere Aufmerksamkeiten viel mehr.»

Mama fügte hinzu: «Wahrscheinlich ist Frau Sauer sehr traurig und einsam. Trotzdem müsste sie nicht so viel über andere schimpfen. Aber wahrscheinlich hatte sie bisher keine Kraft, es anders zu machen.»

«Vielleicht hat sie gedacht, dass niemand sie mag?», meinte Nele.

«Das kann schon sein», antwortete Mama. «Und deshalb war dein Geschenk sicher eine riesige Überraschung für sie.»

«Passend zur Adventszeit.» Papa hob den Daumen. «Denn Advent ist die Zeit der Vorbereitung auf Weihnachten, dem Fest, an dem wir an die Geburt von Jesus denken. Gott hat uns seinen Sohn geschenkt, um uns zu zeigen, wie lieb er uns Menschen hat.»

«Vielleicht weiß Frau Sauer gar nicht, dass Gott sie lieb hat?», überlegte Nele laut.

«Vielleicht», sagte Mama. «Und falls das so ist, dann hast du ihr heute ein kleines Stück von Gottes Liebe weitergegeben. Denn wir Menschen dürfen Gottes Helfer sein.»

«Passend zur Adventszeit.» Nele klatschte in die Hände. «Ich glaube, ich muss noch viel mehr Sterne verschenken. Gleich morgen werde ich weiterbasteln!»

Singen verbindet

Bernhard Bitterwolf

Verwundert blickt mein Vater, der neben mir in der kalten Winterluft am Weiherufer steht, den Schlittschuhläufern und Eishockeyspielern auf der in diesem Jahr schon im Advent zugefrorenen Wasserfläche zu.

Der Klingelton meines Mobiltelefons ist zu hören. Nach dem Telefonat entwickelt sich folgendes Gespräch:

«Wer war denn das um diese Uhrzeit?», fragt mein Vater.

«Das war Moritz!»

«Wer, um Himmels willen, ist Moritz?»

«Das weißt du doch, das ist dein Enkel, mein Sohn!»

«Aha! Ach so!?!» Mit den Namen der Menschen in seinem Umfeld tut sich mein betagter Vater zunehmend schwer.

«Komm, Papa, lass uns nach Hause gehen. Hier wird es doch immer kälter!»

Ein bisschen mürrisch murmelt mein Vater vor sich hin, dreht sich dann aber doch langsam um und marschiert mit kleinen, verhaltenen Schritten nach links weg.

Vorsichtig halte ich ihn am Arm und zeige nach rechts: «Papa, wir müssen dorthin!»

Die fortschreitende Altersdemenz kann manchmal ganz schön lästig sein. Mein Vater verliert immer mehr von seiner Persönlichkeit, verändert sich und weiß nicht mehr, wo das Haus steht, das er mit eigenen Händen und unter vielen Entbehrungen für seine Familie gebaut hat.

Beim Abendessen sitzen wir dann alle am Tisch im Wohnzimmer.

«Papa, gib mir doch bitte den Salzstreuer rüber.»

Mein Vater greift nach der Wasserflasche. Ich bedanke mich höflich.

Nach dem Abendmahl zünden wir in trauter Runde die dritte Kerze am Adventskranz an, ich greife nach meiner Gitarre und lade zum Mitsingen ein. Es gibt so viele schöne Lieder, die die Menschen in früheren Zeiten gerne in der Vorweihnachtszeit gesungen haben. Meinem Vater gefällt das gemeinsame Singen.

Mit fester Stimme singt er kräftig, singt er laut mit. Alle Verse! Auswendig! Textsicher! Jetzt ist er in seinem Element. Wir alle sehen, er fühlt sich wohl. Sein Gesicht strahlt, er lacht und hat einen wunderbaren Glanz in den Augen.

Singen macht froh! Singen macht zufrieden! Singen verbindet!

Singt, ihr Leute!

Ein kleines Stück Weihnachtsfreude

Birgit Piegendorfer-Kollmannsberger

Schon wieder hing sie unten hinten links an der Wand. Die kleine grüne unscheinbare Christbaumkugel war grenzenlos enttäuscht, weil ihr, wie in jedem Jahr, dieser undankbare Platz zugewiesen worden war. Ihr dunkles sattes Grün kam im dichten Gewimmel der Tannenzweige überhaupt nicht zur Geltung, fand sie. Und auch die anderen Kugeln am Christbaum rümpften abfällig die Nase über sie – die Kleine. Die anderen, das waren die großen protzigen Kugeln: rot glänzend, silbern schimmernd, kunstvoll bemalt, mit glitzernden Schneeflocken oder Goldglitter verziert. Da konnte sie freilich nicht mithalten.

Unzufrieden ruckelte sie an ihrem Platz hin und her und zappelte so lange, bis schließlich der goldene Faden riss, an dem sie aufgehängt worden war, und sie vom Baum plumpste. Zum Glück landete sie weich auf dem flauschigen Teppich am Boden und ging nicht kaputt. Sonst wäre das hier das Letzte gewesen, was wir von der kleinen grünen Christbaumkugel gelesen hätten.

Mit Schwung glitt die grüne Kugel über den Teppich, quer durch das Wohnzimmer und zur Terrassentüre hinaus, welche gerade zum Lüften offen stand. Sie kullerte weiter und weiter, durch den Vorgarten, über den gepflasterten Weg, der zur Gartentür führte, und unter dieser hindurch, geradewegs auf die Hauptstraße. Dort raste sie einen Abhang hinunter, an den weihnachtlich geschmückten Häusern entlang, in welchen die Menschen gerade beim Abendessen oder vor dem Fernseher saßen. Immer weiter kugelte sie, am Stadtpark vorbei und über die große Kreuzung, die Gott sei Dank zu so später Stunde nicht mehr so stark wie sonst befahren war.

Unten am Berg angekommen, rollte die kleine Christbaumkugel sanft aus und prallte leicht mit einem leisen *Tock* an die hölzerne Türe von Dunjas alter Hütte. Dunja war ein altes Weiblein mit schlohweißen Haaren und runzeligem Gesicht. Sie lebte alleine am Stadtrand in einem heruntergekommenen und baufälligen Häuschen. Ihr Mann war schon früh gestorben und ihre einzige Tochter vor vielen Jahren weit weg nach Amerika gezogen, wo sie mit ihrer Familie lebte und leider nur selten von sich hören ließ. Die alte Dunja war durch das Pochen an der Haustüre von ihrer Strickarbeit aufgeschreckt worden.

«Wer wird mich denn zu so später Stunde, heute am Tag vor Heiligabend, noch besuchen kommen?», fragte sie sich. Bedächtig schlurfte sie zur Eingangstüre und öffnete diese quietschend. Ein kalter Lufthauch fuhr herein, und ein paar Schneeflocken stoben ins Zimmer. Vor der Türe stand jedoch niemand.

Verwundert blickte sich Dunja um und dachte schon an einen Dummejungenstreich, bis ihr Blick auf die Christbaumkugel am Boden fiel. Erstaunt hob sie diese auf, betrachtete sie, und ein Lächeln huschte über ihr Gesicht. Schon lange hatte sie nicht mehr Weihnachten gefeiert, da selbst ein kleiner Christbaum viel zu teuer für ihre schmale Rente war.

Am nächsten Tag, gleich am frühen Morgen, schlich Dunja mit einer Schere in den Garten und zwickte ein kleines dürres Zweiglein von einem Baum. Dieses stellte sie in eine Vase in die gute Stube und hängte die Christbaumkugel mit einem alten roten Samtband daran.

Als sich am Abend das Herdfeuer in der kleinen grünen Kugel spiegelte und die alte Dunja andächtig davorsaß und ein Weihnachtslied aus ihren Kindertagen in Schlesien summte, war die kleine grüne Christbaumkugel, wie sie so an ihrem kahlen Zweig in der ärmlichen Hütte hing, zufrieden wie nie zuvor in ihrem Leben. Und nicht nur sie war glücklich, auch in Dunjas altes Herz war wieder ein kleines Stück Weihnachtsfreude eingekehrt.

Kind, der Baum nadelt

Gregor Schürer

Sie sitzt neben dem Weihnachtsbaum, als ich ins Zimmer komme. Im bequemen Ohrensessel, eine Decke auf dem Schoß. Täusche ich mich, oder ist sie eingenickt? Der kleine Baum steht auf dem Beistelltisch, ich habe ihn gestern aufgebaut. Leise schließe ich die Tür, bleibe regungslos stehen und betrachte das friedliche Bild. Draußen ist es schon dunkel, und so wirken die Lämpchen, die in den Ästen des Bäumchens leuchten, besonders schön. Da dreht sie langsam den Kopf.

«Guten Abend, Mutter. Wie geht es dir heute?»

«Gut», antwortet sie einsilbig.

«Ein hübsches Plätzchen hast du, hier beim Bäumchen», versuche ich sie aufzumuntern.

«Ja, das stimmt. Aber er nadelt schon.»

«Das kann doch gar nicht sein, Mutter. Wir haben ihn doch gerade erst aufgestellt.»

«Wenn du meinst.»

Tags darauf erwartet sie mich schon, als ich komme. Statt einer Begrüßung sagt sie: «Kind, der Baum nadelt.»

«Hallo, Mutter. Dann lass mich mal schauen.» Ich sehe

nach und antworte: «Alles in Ordnung, mach dir keine Gedanken.» Um sie abzulenken, frage ich: «Hattet ihr eigentlich auch einen Weihnachtsbaum, als du Kind warst?»

«Ja, natürlich.» Ihre Augen funkeln, wie sie es nur noch selten tun. «Einen großen, fast drei Meter hoch, weil wir so hohe Räume hatten. Man musste zum Schmücken auf eine Leiter steigen, und doch kam man kaum an die oberen Äste. Die Christbaumspitze haben wir deshalb immer schon drangemacht, bevor wir den Baum aufgestellt haben. Geschenke gab es nicht so viele wie heute, aber der Baum war immer stattlich.»

Am nächsten Tag will ich bei meinem Besuch in der Pflegeeinrichtung von ihr wissen, was sie denn als Kind geschenkt bekommen hat. Auch daran erinnert sie sich sofort: «Es gab vor allem Süßigkeiten, die bekam man ja sonst das ganze Jahr nicht. Lebkuchen, die hat meine Mutter Wochen vorher gebacken und versteckt. Und Zuckerstangen, später auch Marzipan.»

Ich habe Marzipankartoffeln dabei, und wir essen sie gemeinsam.

Als ich aufbrechen will, sagt sie: «Kind, der Baum nadelt. Vielleicht braucht er etwas Wasser.»

Beim folgenden Besuch komme ich auf die Geschenke zurück. «Was lag denn unter dem Weihnachtsbaum, als du klein warst, Mutter?»

«Mein schönstes Geschenk war eine Puppe, die ich als kleines Mädchen bekommen habe. Sie hieß Frida und hatte so schöne Augen. Wie du, mein Kind, du hast auch so schöne Augen.»

Ich muss fast weinen und sage schnell: «Ach, Mutter…»

Sie lächelt und fährt fort: «Das sieht auch schön aus.» Sie zeigt auf das Lametta am Baum. «Vielleicht haben wir zu viel davon drangehängt, und der Baum nadelt deshalb?»

Ich erzähle ihr nicht, wie schwer es war, die dünnen Metallstreifen zu besorgen, die seit Jahren nicht mehr hergestellt werden.

Am darauffolgenden Tag kommt sie von ganz alleine noch einmal auf die Puppe zu sprechen, ich staune. «Als ich meine Frida hatte, bekam ich zu den Geburtstagen und zu anderen Anlässen Kleidchen für sie. Meine Mutter hat sie selbst genäht. Im Krieg war es dann schwer mit Geschenken. Deshalb war die Freude besonders groß, als ich nach Jahren einen Puppenwagen unter dem Weihnachtsbaum fand. Unser Baum hat allerdings nie so genadelt wie dieser hier.»

Das Christfest ist da, ich klopfe an ihre Tür.

«Herein», ruft Mutter.

Ich atme durch und betrete das Zimmer mit einem: «Ich wünsch dir frohe Weihnachten, Mutter.»

Sie sitzt ein wenig verloren im Sessel. Klein und zierlich ist sie geworden, denke ich. Ich nehme sonst mindestens eine Armlänge entfernt von ihr Platz, sie mag Nähe nicht so sehr. Heute rücke ich mit meinem Stuhl ganz dicht an sie heran.

«Schau mal, was ich dir mitgebracht habe.» Ich überreiche ihr ein Paket. Sie braucht ziemlich lange, es auszupacken.

«Eine Puppe, was soll ich denn mit einer Puppe?» Sie schaut mich ratlos an.

Ich schaue ebenso ratlos zurück und frage, um die Situation zu retten: «Wollen wir zusammen ein Weihnachtslied singen?»

Sie freut sich, und wir stimmen gemeinsam *O Tannenbaum* an. Ihre Stimme ist noch kräftig und schöner als meine, geht mir durch den Kopf.

«Da bist du ja, Kind», begrüßt mich Mutter beim ersten Besuch im neuen Jahr. «Setz dich, was gibt es Neues?»

«Ach, nichts Besonderes», antworte ich.

«Heute musst du aber den Baum abbauen, Kind. Er nadelt ganz furchtbar.»

Es klopft. «Guten Tag, Frau Müller.» Der Pfleger betritt schwungvoll den Raum. «Ich wollte Sie zur Physiotherapie abholen.»

Mutter springt fast auf, ich staune, wie behände sie plötzlich ist. Sie hakt sich bei Lutz ein, so heißt der gut aussehende junge Mann, und verlässt das Zimmer, ohne sich umzublicken.

Ich gehe zum Schrank und hole den großen Karton heraus. Dann nehme ich den Baum vom Beistelltisch und stelle ihn auf den Boden. Erst entferne ich den Schmuck, wegen des Lamettas geht das nicht so schnell. Aber die Therapie dauert, ich habe Zeit. Als alle Kugeln, Figuren und auch die Lichter entfernt sind, steht das Bäumchen ganz in Grün vor mir. Ich ziehe die kleineren Äste aus dem Stamm, dann falte ich den Baum zusammen, fast wie einen Regenschirm. Ich lege alle Plastikteile in die Kiste, dazu den metallenen Ständer. Aufkehren muss ich nur ein paar silbern schimmernde Fäden.

Weihnachten switched

Anja Clausen

Noch eine Woche, dann ist es wieder so weit, dachte sich Christine. Sie würde gegen siebzehn Uhr bei ihrer Tochter eintreffen, den Mantel ablegen und ins festlich geschmückte Wohnzimmer kommen. «Schön, dass du da bist», würde ihre Tochter sagen und es auch so fühlen. Das war schön.

Den Tannenbaum hatte Sophie immer schon zwei Wochen früher stehen, fertig geschmückt inklusive langer Lichterkette. «Damit man länger was von der Weihnachtszeit hat», pflegte sie immer zu sagen, wenn sie mit ihrer Mutter telefonierte. Dann hatte sie meist schon keine Zeit mehr. «Essen ist gleich fertig.»

Christine wusste, dass Abendkrimi und Co. für Sophie und Thorben wichtige Beschäftigungen waren, um sich von ihrem anstrengenden Alltag zu erholen. «Wir sehen uns ja dann in einer Woche.»

Sie legte auf und dachte daran, wie schön es an Heiligabend sein würde: gutes Essen (meist ein leckeres Fondue, damit gaben sich Sophie und Thorben wirklich viel Mühe), ein geschmückter Tannenbaum und auch ein kleines Geschenk würden sie immer noch erwarten. Christines Geschenke beschränkten sich auf Gutscheine – Amazon, Zalando, für alle Beteiligten. Ihre Enkel Robin und Caja wollten nichts anderes und auch ihre Tochter nicht. So hatte sie es zumindest beim Einkauf leicht.

Nach dem Heiligabendessen und der Bescherung, meistens aber schon vorher oder währenddessen, würden ihre Enkel jedoch in die Smartphonewelt verschwinden. Alles musste gepostet werden, Nachrichten und Fotos wurden empfangen, kommentiert, neue Nachrichten verschickt. Neu war, dass seit circa zwei Jahren auch ihre Tochter und ihr Schwiegersohn, zwar in geringerer Dosis, selbiges taten, und Christine kam sich dann irgendwann alt, unmodern und – das Schlimmste – etwas fehl am Platz vor.

«Nun kommt doch noch mal runter, wenn Oma da ist», rief Sophie während Christines Besuchen meistens irgendwann in Richtung ihrer pubertierenden Kinder.

«Ja, gleich.»

Bis sie kamen, hatte Christine schon wieder ihren Mantel an. Spätestens an diesem Punkt war es gut, dass sie nach Hause ging. So war es eben in ihrer Familie. Es war gut, aber nicht alles.

Christine beschloss an diesem Abend, noch etwas vor die Tür zu gehen. Prompt traf sie ihre Nachbarin Hanne, mittlerweile wie sie fünfundsiebzig Jahre alt. Hanne lebte seit fast zwanzig Jahren allein, geschieden. Viele Jahre hatte Hanne auf Sophies Kinder aufgepasst, als diese klein gewesen waren, sie kannten sich lange. Zu ihren eigenen Kindern hatte sie kaum Kontakt, beide lebten im Ausland, für einen Besuch zu Weihnachten war ihnen «nie Zeit» oder es war «zu aufwendig, ich muss ja Montag wieder arbeiten». An das Alleinsein hatte Hanne sich gewöhnt, aber an Heiligabend? Das war immer eine kleine Herausforderung.

«Auch noch mal die Füße vertreten?», fragte Hanne.

«Ja, bevor es nächste Woche wieder alles losgeht, mit Weihnachten, meine ich. Ist ja doch auch immer irgendwie anstrengend», seufzte Christine und sah, dass Hanne ihr ruhig in die Augen schaute. «Na, und was machst du an Weihnachten?», wollte sie von Hanne wissen.

«Och, ich weiß es noch nicht, vielleicht in den Gottesdienst gehen, vielleicht ein bisschen fernsehen, was essen. Mal gucken.»

«Das hätte ich auch gern», erwiderte Christine und erschrak kurz darauf über das, was sie gesagt hatte. War das nicht unfair ihrer Tochter gegenüber? Ihren Enkeln? Sie hatte eine Familie, Hanne nicht.

Es war einer dieser Momente, in denen Christine dachte, jetzt oder nie, volles Risiko. «Eigentlich müssten wir tauschen. Ich hätte gerne mal Weihnachten für mich allein, ohne Verpflichtungen, einfach nur verabredet mit mir selbst.»

Hanne schaute sie erschrocken an. «Du meinst, so wie ich?»

«Ja, genau so.»

Die Zeit blieb stehen. Lange. Sehr lange.

Hanne durchbrach die Stille: «Ja.»

An Heiligabend kam Christine um kurz vor siebzehn Uhr zu Hanne in die Wohnung. Sie gab ihr einen Brief mit. *Für Sophies Familie.* Hanne machte sich auf den Weg zu Christines Tochter.

«Oh, Hanne, das ist ja eine Überraschung. Alles gut bei dir? Ich hatte eigentlich Christine erwartet.» Sophie war sichtlich irritiert.

«Den Brief soll ich euch von Christine geben, ihr geht es gut, sie kommt aber später. Ihr braucht euch keine Sorgen zu machen.»

«Okaaay, verstehe ich zwar nicht ganz, aber komm erst mal rein, du brauchst nicht an der Tür stehen bleiben.»

Der Abend hätte nicht schöner sein können. Hanne saß mit Sophies Familie gemeinsam am Tisch zum Essen, alle unterhielten sich angeregt, über Weihnachten, Neustes aus der Kleinstadt, über das Essen und die Nachbarn, selbst Robin und Caja steuerten so manche Themen bei, über ihre Freunde, ihre Lehrer, Mode, Musik. Es wurde viel gelacht.

Die Smartphones kamen dann später doch noch raus. *Cooles Weihnachten, Wir hatten einen Überraschungsgast* wurde später gepostet. Die Fotos zeigten Sophie, Thorben, die Kinder und Hanne dicht zusammen in einem einzigen Weihnachtstrubel.

Die mit Sternen verzierte Weihnachtskerze war zur Hälfte heruntergebrannt. Christine saß in Hannes Sessel und schaute auf das Licht. Zwischendurch schaute sie aus dem Fenster in den klaren Heiligabendhimmel und bestaunte die vielen Sterne. «Das ist Weihnachten», hauchte sie. Sie fühlte sich so entspannt wie lange nicht mehr. Eine einzige leuchtende Kerze, der Sternenhimmel und Stille, nichts anderes.

Christine wurde warm ums Herz. Es war wunderbar.

Spät am Abend fiel Sophie wieder der Brief von ihrer Mutter ein. Die Kinder waren schon im Bett, Thorben räumte noch etwas auf. Sophie öffnete den Umschlag, es fiel eine Weihnachtskarte heraus. Zu sehen war das Christkind in der Krippe. Auf der Rückseite stand: *Ich schenke uns allen einen Neuanfang. Ich liebe euch. Frohe Weihnachten.*

Zwei Bleche

Franz Scholles

Inger und ich backen «Butterguds». Leider sind etwa dreißig Ausstecher-Förmchen, Erbstücke von Mutter, in der Ahr-Flut untergegangen. Deshalb habe ich in der Großstadt vier neue im Wohnambiente-Warenhaus gekauft. Es gab dort Förmchen mit raffinierten Zwischenstegen, die Designer-Plätzchen kreieren sollen. Als Motive habe ich die Kochmütze, die Glocken und den etwas herausfordernderen Hirsch sowie Pelikan gewählt. Mutters klassische Motive wie Herz, Mond, Katze oder Schaf gab es nicht mehr.

Inger und ich stechen jeweils ein Blech aus. Nach zwei missglückten Versuchen lasse ich Rotwild und Vogel links liegen. Aber auch bei den Kochmützen und Glocken bleiben immer wieder Teigreste in den Zwischenstegen hängen. Ich muss die Motive händisch ergänzen und Teigreste anpappen. Wie Mutter verzichte ich auf neumodische Deko. Nur eine Schicht Eigelb ist erlaubt, um eine schöne Farbe zu erhalten.

Das Blech gebe ich schnell für fünfzehn Minuten in den Ofen. Leider fällt mir erst am Ende des Backens ein, dass das Ei schon vor dem Backen gepinselt werden muss. Also bestreiche ich die ausgestochenen Plätzchen hinterher und stelle das Blech noch einmal in die abkühlende Röhre. Die Leckereien werden dadurch so tiefbraun wie unsere Nachbarn nach zwei Wochen auf den Kanaren.

Inger prahlt am Abend beim Vergleich der abgekühlten Bleche: «Meine Plätzchen sind schöner geworden. Ein Teigling gleicht dem anderen. Auch die Hirsche und Pelikane sind mir gut gelungen.»

Ich stimme zu. Inger vergleicht: «Kein Gebäck von dir gleicht dem anderen. Nur wenige deiner Butterplätzchen sind makellos. Viele Teile von dir sind verkürzt, weil Teigreste im Zwischensteg kleben geblieben sind. Andere sind unförmig, weil du händisch Motivteile angeklebt hast.»

Manchmal kann Inger sehr sachlich sein. Etwas mehr Anteilnahme hätte ich mir gewünscht.

«Wollen wir beide Bleche zusammenwerfen?», frage ich zögernd.

«Manche mögen ja Röstaromen und originelle Glockenformen!» Inger überlegt kurz und sagt versöhnlich: «Wir können deinen Teil mit Schokoguss bestreichen und ein X einritzen. Dann kannst du erzählen, es seien Grafik-Plätzchen nach US-Rezept.»

Erfreut ergänze ich: «Und deine nennen wir Traditionsgebäck, angelehnt an die einheimische Tierwelt. Vielen Dank, dass ich mit dir Weihnachtsplätzchen gestalten durfte.»

«Wir hatten eine schöne gemeinsame Zeit, auch wenn du dich in der Werkstatt wohler fühlst als in der Küche.»

Wenn man ganz fest an etwas glaubt!

Dieter Siebald

Oft denke ich an meine Kindheit zurück, in der die Vorweihnachtszeit eine herrliche Zeit war!

Wir Kinder freuten uns ganz besonders auf den Nikolausabend, an welchem wir uns verkleideten und dann von Haus zu Haus zogen, ein Gedicht aufsagten und Schnuckewerk als kleine Gaben bekamen, die bis Heiligabend reichten!

Die Tage waren in der kalten Jahreszeit kürzer, früh zog die Dunkelheit auf, und die Natur veränderte sich, Schnee bedeckte die Flur, und der Frost ließ die Landschaft zu Eis erstarren.

Es wurde kalt, und in der Stube brannte im Kachelofen stets ein wärmendes Feuer.

Das war der Beginn der Bratapfelzeit, man roch den Duft des frischen Weihnachtsgebäckes, Zimt-, Vanille- und Tannennadeldüfte durchzogen die Luft. Weihnachten war nicht mehr weit, und auch die Zeit der Hausschlachtung hatte angefangen, um die Vorratskammer für den langen Winter zu füllen.

In den Dämmerstunden erzählte man sich Geschichten,

eine Kerze brannte, um die Dunkelheit zu vertreiben, alles war für uns Kinder mystisch, Furcht kam auf, und es gruselte uns. In den Geschichten zog der Nikolaus mit seinem Knecht Ruprecht durch das Land, um die bösen Kinder zu bestrafen, die das ganze Jahr nur Schabernack getrieben hatten! Die artigen Kinder wurden belohnt!

Dann erzählte man sich noch von den wilden Horden, die mit Frau Holle in den sternenlosen Nächten durch das Land streiften und so manchem Erwachsenen für seine bösen Taten eins auswischten.

Der Weihnachtsbaumschmuck, Sterne aus Stroh und Glanzpapier, wurden in der ofenwarmen Stube gebastelt, Tannenzapfen mit Gold- oder Silberbronze verschönert. Es war eine gemütliche, ruhige Zeit, die auf das kommende Weihnachtsfest einstimmte!

Die innerliche Anspannung bei uns Kindern wuchs mit jedem Tag, und jeder fragte sich, gab es den Weihnachtsmann überhaupt, würden unsere Wunschzettel in Erfüllung gehen, und – das Wichtigste – hatte ihn schon einmal jemand gesehen?

Einige von uns meinten, die Eltern würden die Geschenke unter den Weihnachtsbaum legen. Doch auch die, die am Zweifeln waren, wünschten sich, dass es den Weihnachtsmann wirklich gab, der mit dem Rentierschlitten durch die Luft sauste und die Geschenke verteilte.

Oft hörte ich von den Erwachsenen, ich müsse nur fest daran glauben, dann würde es auch in Erfüllung gehen!

Ich erinnere mich an einen 24. Dezember, aufgeregt saß ich in meinem Zimmer und wartete auf die Bescherung. Wer würde dieses Jahr die Geschenke unter den Tannenbaum legen: Waren es die Eltern oder doch der Weihnachtsmann?

Plötzlich, ein knirschendes Geräusch in unserem Vorgarten! Aus meinen Gedanken gerissen, aber neugierig geworden, schaute ich aus dem Fenster und traute meinen Augen nicht, denn es musste ein Trugbild meiner kindlichen Fantasie sein.

In unserem Vorgarten stand der Weihnachtsmann mit seinem Rentierschlitten, er winkte mir zu.

Leise schlich ich mich aus dem Zimmer in den Garten, so eine Chance wollte ich mir nicht entgehen lassen.

Mit seinem gütigen Lächeln begrüßte er mich, zeigte mir den mit Geschenken beladenen Schlitten, ja, ich durfte sogar die Rentiere streicheln, die unruhig mit den Hufen im Schnee scharrten.

Es war das Zeichen, dass er weiterziehen musste, heute war ja Heiligabend, und die vielen Kinder auf der Welt warteten auf ihre Gaben.

Ich verabschiedete mich von ihm, er wünschte mir ein frohes Fest und viele Geschenke, und schon war er mit dem Schlitten und einem «Ho, ho, ho» im klaren Sternenhimmel verschwunden.

Ich schlich mich wieder in mein Zimmer, gerade rechtzeitig, denn das Glöckchen für die Bescherung erklang!

Freudestrahlend betrat ich das Weihnachtszimmer. Verwundert sahen mich meine Eltern an, meine Haare voller Schnee, und ich roch merkwürdig nach Rentier.

«Wie siehst du denn aus», fragten sie, «und woher kommt der seltsame Geruch?»

Ich antwortete ihnen: «Wenn man ganz fest an etwas

glaubt, dann geht der Wunsch auch in Erfüllung. Ich war eben im Vorgarten und habe den Weihnachtsmann gesprochen, und seine Rentiere durfte ich auch streicheln!»

Viele sagen, Glauben heißt nicht wissen, aber der Glaube kann auch Berge versetzen, und ich glaube bis heute fest daran, dass es den Weihnachtsmann gibt!

Frohe Weihnachten!

Stillstand dieser Tage

Christoph Braune

Dezember. Kurz vor Weihnachten. Es ist Zeit, dachte er. Es ist wieder Zeit.

Kein schönes Gefühl, einfach nur zu funktionieren. Ein Blick in die Gesichter der Menschen verriet mehr, als man als Antwort bekäme, hätte man sie dieser Tage direkt nach ihrem Wohlergehen gefragt.

Ein Durcheinander aus Hast und schnellen Schritten. Ein Durcheinander aus Unruhe und scheinbar unlösbaren Problemen. Auch die vereinzelt frohen Mienen wirkten nicht ehrlich, vielmehr wirkten sie aufgesetzt und gingen in der Masse der ständig zeitnotgeplagten Menschen unter.

Vielleicht war es der Regen, der ihre Schritte beschleunigte. Vielleicht waren es auch die grauen Wolken, die grauen Tage, die kein Ende zu haben schienen. Vielleicht.

Es ist Zeit, dachte er. Es ist wieder Zeit. Es ist immer Zeit.

Sie alle schauten zu ihm hinauf. Das war schön. Ein erhabenes Gefühl.

«Nein! Komm bitte. Wir schaffen das nicht mehr!»

Die Mutter nahm die kleine, in einem winzigen blauen

Fingerhandschuh steckende Hand ihres Sohnes und zog ihn energisch von der Schlange weg, an der andere Kinder warteten, um ihren Wunschzettel bei dem Weihnachtsmann und dessen Engeln abzugeben.

«Wir haben keine Zeit», waren die letzten Worte, die er noch vernahm, bevor das tieftraurige Gesicht des kleinen Jungen im Trübsal blasenden Regengrau des Nachmittages verschwand und für ihn nicht mehr von dort oben zu erkennen war.

«Keine Zeit? Der arme Junge!», flüsterte ein älterer Mann entsetzt, dessen Gesicht auf den ersten Blick ähnlich trist wie alle anderen wirkte. Bei näherem Hinschauen hob es sich jedoch durch die groben, freundlichen Lachfalten von den anderen ab und strahlte warmherzig.

«Schlechtes Zeitmanagement!», brummelte er. Vielleicht war es der Regen, der die Mutter energisch machte. Vielleicht waren es auch die grauen Wolken, die grauen Tage, die kein Ende zu haben schienen. Vielleicht.

Was es auch war, ein Blick zurück ließ ihn erzittern. Noch während er am liebsten kurz innegehalten, kurz stillgestanden hätte, realisierte er: Er hatte keine Wahl.

Es ist Zeit, dachte er. Es ist wieder Zeit. Es ist immer Zeit.

Der Gedanke, schuld an den Tränen des kleinen Jungen zu sein, quälte ihn. Wie gern hätte er sich gewünscht, Einfluss zu nehmen. Freude zu schaffen. Zufriedenheit und mehr Zeit zu schaffen. Der Mutter das Gefühl zu geben, sie könne es sich erlauben, ihren kleinen Sprössling den Zettel abgeben zu lassen, um dann in sein glückliches Gesicht zu schauen. Schlimm genug, dass das in diesen Tagen nicht selbstverständlich war.

Aber war es seine Schuld? Was hätte er denn tun sollen? Einfach stehen bleiben? Nein, das war nicht möglich. Denn sosehr er es sich auch diesmal wieder wünschte und schon zig Mal gewünscht hatte: Es ging nicht.

Die Lichter der Buden, die langsam in voller Pracht leuchteten und der Fassade der Stadt ein bronzefarbenes Kleid überstreiften, trugen ihren Teil zur vorweihnachtlichen Stimmung bei und hätten es den Menschen einfach gemacht, sich ihres Glückes bewusst zu werden. Nur sehen müssten sie sie, dachte er, und das taten sie nicht. Den Kopf voller Gedanken, Termine und möglichen Szenarien von morgen. Die stets präsenten Fragezeichen. Wann, wo, wie? Die konnte man sehen. Als hätte es einen Stempel gegeben, den alle am Morgen dieser Tage gratis vom Schaffner in der U-Bahn auf die Stirn gedrückt bekommen hätten. Die Gunst der Stunde nutzen! Zeit ist Geld! Keine Zeit verlieren! Derlei Phrasen waren an der Tagesordnung und stets in aller Munde. Wenn sie nur wüssten, dachte er. Ein erneuter Blick hinter sich verriet ihm:

Es ist Zeit. Es ist wieder Zeit. Es ist immer Zeit.

Eines war sicher: Der Regen und der langsam aufziehende dichte Nebel waren Grund und Anlass für das Desinteresse an ihm.

Ihn störte das. Weniger Menschen schauten hinauf. Das war weniger schön. Ein weniger erhabenes Gefühl.

Während er so seinen Blick schweifen ließ, bemerkte er einen sturzbetrunkenen Mann, Mitte sechzig, der auf ihn zugewankt kam. Neben seinen aschgrauen Haaren, die in dicken, fettig verklebten Strähnen bis zu den Schultern hingen, trug er zerschlissene Jeans, eine ebenso zerschlissene Jacke und hielt in der linken Hand eine Pfeife, die er versuchte sich in den Mundwinkel zu schieben. Sein Alkoholpegel stand ihm bei diesem Vorhaben offensichtlich im Weg.

«Früher!», brabbelte er ihn lallend an. «Früher war alles besser! Früher bin ich zur See gefahren! In jedem Hafen Schnaps, Frauen, und die Menschen wussten noch, was sie haben, wenn sie ihre Uhren wegwerfen … und –» Ein kurzes Aufstoßen unterbrach seine Ausführungen und brachte ihn, vermutlich mangels der Erinnerungsfähigkeit bezüglich des eben Gesagten, auch direkt zum Fazit seiner Rede. «Das waren noch Zeiten. Heute ist alles anders. Alle keine Zeit mehr!», stammelte er und torkelte in Richtung Getümmel, um dort auch andere von seiner Einstellung gegenüber dem Leben zu überzeugen.

Vielleicht waren es die grauen Wolken, die grauen Tage, die kein Ende zu haben schienen, die ihn lallen, die ihn trinken ließen. Vielleicht.

Er erinnerte sich erneut an seinen Gedanken, Einfluss zu nehmen. So wie er es auch bei dem Jungen hätte tun wollen. Nur war es nicht möglich.

Es ist Zeit, dachte er. Es ist wieder Zeit. Es ist immer Zeit.

Manchmal machte ihn seine Arbeit traurig. Das war nicht immer so. Seit einiger Zeit, seit einigen Tagen aber zunehmend mehr. Häufig empfand er sie als eine Art Sisyphus-Projekt. Er hasste die Eintönigkeit, seinen Rhythmus und vor allem das, was einige Menschen daraus machten. Seine Schuld war das nicht, auch wenn ihm das nicht immer bewusst war. Aber dennoch fühlte er sich manchmal wie ein Familienvater, der ständig und immer wieder zusehen musste, wie seine Kinder Fehler machten, vor denen er sie vergebens immer und immer wieder gewarnt hatte.

Die Feuchtigkeit nagte auch an ihm. Seine Gelenke schmerzten, und manchmal hatte er Schwierigkeiten, seine Arbeit zuverlässig auszuführen. Da ihn aber sein langsamer Mitstreiter, den das gleiche Leid plagte, ständig motivierte und zum Durchhalten ermunterte, fasste er stets neuen Mut. Dennoch: Es war kein schönes Gefühl, einfach nur zu funktionieren.

Langsam wurde es Abend. Dunkel war es, winterüblich. Und die gefühlte Zeit war demnach wie immer weiter fortgeschritten als die tatsächliche. Im Fernsehen hatte soeben die Tagesschau begonnen, um den Menschen von dem zu berichten, was er im Verlauf des Tages in den unterschiedlichsten Versionen bereits gehört hatte.

Die Massen vor den Buden nahmen nun deutlich ab. Der Weg nach Haus war es, der sie gehen, der sie hetzen ließ. Sie hatten ja keine Zeit.

Hier und da wurde eine Lichterkette ausgeschaltet, eine Reklametafel hereingeholt oder eine Ladentür verschlossen.

Die Zeit dieser Tage, das konnte er heute wieder einmal feststellen, ist nicht menschenfreundlich. Aber daran sind sie selbst schuld.

Unter ihm, an der Mauer, hatte sich währenddessen ein Pärchen eingefunden. Sie stritten und diskutierten. Es war nicht viel zu verstehen, dafür waren sie trotz ihres offensichtlich hitzigen Disputes zu sehr auf Diskretion bedacht. Während sie mit den Tränen kämpfte und er mit den Händen wild gestikulierend durch die Luft fuchtelte, um seinen Worten vergeblich mehr Kraft zu verleihen, konnte man dennoch deutlich einige Brocken ihres Wortgefechtes verstehen. «Ich wollte einen besinnlichen Abend, nur für dich, nur für mich, aber du findest nie Zeit für uns.»

Sie nahm alle Kraft zusammen, um schlussendlich mit gesenktem Kopf zu schluchzen. «Unsere Zeit ist vorbei!» Daraufhin lief sie entlang der Straße an den Geschäften vorüber in die feuchtschwarze Dunkelheit.

Es ist Zeit, dachte er. Es ist wieder Zeit. Es ist immer Zeit.

Was war das? Ihn plagte erneut das schlechte Gefühl, das er auch schon bei dem Jungen und dem alten betrunkenen Mann gehabt hatte.

Der Regen hatte aufgehört. Er war vom Wind abgelöst worden, der auf seine aufdringliche Weise einerseits nasse Blätter vor sich herschob, aber andererseits den Nebel verbannte. Die Straßen und Wege waren dennoch nass, und jede kleinste Vertiefung im Boden war zu einer Pfütze geworden. Seine Schmerzen in den Gelenken besserten sich, und um das mangelnde Interesse an ihm wäre es auch besser bestellt gewesen, wenn überhaupt noch jemand unterwegs gewesen wäre, der hätte hinaufschauen können. So war es weniger schön. Ein weniger erhabenes Gefühl.

Fast war die Mitte der Nacht erreicht, als sich ein Mann mit Mobiltelefon am Ohr auf die Bank vor seiner Mauer niederließ und ein Telefonat begann. Er wirkte kühl und arrogant, gleichermaßen aber auch traurig und verzweifelt.

Es war schwer, Wortfetzen zu erhaschen, und sosehr er sich auch bemühte, er konnte einfach nicht verstehen, was der Mann in sein Mobiltelefon sprach. Lediglich seine Mimik verriet, dass das Gespräch offensichtlich sehr emotional und nicht leicht zu verkraften war. Ein glasiger Schleier in seinen Augen beendete die Konversation. Er zitterte, und sein rechter Daumen irrte zunächst verloren über die Tastatur des Telefons, um dann langsam den roten Knopf zu drücken.

Beim Öffnen der Aktentasche, die er sich auf den Schoß gelegt hatte, bemerkte der Mann, dass es schon kurz vor Mitternacht war. «Verdammt», murmelte er weinerlich. «Ich habe doch keine Zeit. Ich muss …» In diesem Moment grölten betrunkene Jugendliche, die die benachbarte Bank in Beschlag genommen hatten, sodass sich die hörbare Äußerung des Mannes auf «bis Mitternacht verkaufen» reduzierte.

Als er die Tasche öffnete, wurde klar, was damit gemeint war. Auf einer bewusst schlicht gehaltenen, aber hochwertigen Visitenkarte stand deutlich *Broker*. Er handelte also mit Aktien. Gerade wollte er zum Telefon greifen, da fiel ihm offenbar etwas ein.

Nach kurzem hektischem Suchen in der Tasche wurde er fündig, zog einen Brief heraus und begann zu lesen:

Ich bedaure sehr, was hier steht. Und ich hätte nie gedacht, dass ich dazu fähig bin. Nur habe ich alles versucht, und du hast mich nie verstanden. Du bist immer weg. Hast nie Zeit. Weder für mich noch für die Kinder. Geld haben wir genug. Du versprichst immer, weniger zu tun. Und du versprichst auch, dir Zeit zu nehmen. Aber du tust es nie, und du wirst es auch nie tun. Ich bin es leid, ein

Opfer deiner Distanziertheit, deines Zeitplans zu sein.
Die Kinder können nicht ohne dich. Du bist ihr Vater. Mir
hast du es leicht gemacht, denn ich kann es jetzt. Es ist
kein schönes Gefühl, einfach nur zu funktionieren!

Da war es wieder. Das schlechte Gewissen. Wieder wollte er Einfluss nehmen. Wieder wollte er innehalten, stehen bleiben. Wieder ging es nicht.

Die Zeit dieser Tage, das konnte er aber erneut feststellen, ist nicht menschenfreundlich. Aber daran sind sie selbst schuld.

Vielleicht war es der Regen, der das alles machte. Vielleicht waren es auch die grauen Wolken, die grauen Tage, die kein Ende zu haben schienen. Vielleicht.

Es ist Zeit, dachte er. Es ist wieder Zeit. Es ist immer Zeit. Und so tickte er hoch oben, zusammen mit dem langsamen anderen, den Glockenschlägen der Zwölf entgegen.

Die weihnachtliche Verlosung
(nach einer wahren Begebenheit)

Christine Härtel

In diesem Jahr fand wieder einmal ein Adventsmarkt auf dem roten Platz unserer kleinen Gemeinde statt. An vielen Ständen wurden leckere Speisen angeboten, aber auch gestrickte Socken und bemalte Taschen durften nicht fehlen. Glühwein floss, zwar nur lauwarm, aber lecker aus einem dicken Fass, und die Stimmung war allerseits gut. Viele Menschen hatten sich in Vorfreude auf das Weihnachtsfest eingefunden.

Zum ersten Mal half ich am Verkaufsstand des Frauenchores, wo Würstchen und Pommes angeboten wurden. Es war nicht immer leicht für mich, eine manchmal mehrteilige Bestellung zu behalten, aber die hungrigen Besucher wiederholten ihre Wünsche gerne mehrmals.

Nach meiner Schicht am Verkaufsstand unternahm ich eine kleine Runde über den Markt und trank zusammen mit Petra und Ingrid einen Glühwein, vielleicht waren es auch zwei. Da gesellte sich die Bürgermeisterin zu uns und erkundigte sich, ob wir schon Lose gekauft hätten. Der Verkaufserlös gehe an die Katastrophenhilfe im Ahrtal und an den hiesigen Kindergarten. Nein zu sagen, war keine Option, und ich kaufte ihr zehn Lose zum Preis von fünf Euro ab.

Als die Bürgermeisterin auf ihrer Verkaufstour weitergegangen war, fragte ich Ingrid, was man denn bei der Verlosung eigentlich gewinnen könne.

«Einen Weihnachtsbaum», erwiderte sie freudig.

Oh Schreck, den brauchte ich aber ganz bestimmt nicht. Ein kleiner Weihnachtsbaum im Topf vom letzten Weihnachtsfest wartete schon auf seinen erneuten Auftritt im schön geschmückten Wohnzimmer.

Ich war mir sicher, dass ich einen Weihnachtsbaum gewinnen würde, und ein Plan musste her. So vereinbarte ich mit Ingrid, dass sie mir den Baum, den mir eines meiner Lose zukommen lassen würde, abnehmen müsse. Das bereitete Ingrid keine Sorge, da sie, wie sie versicherte, noch nie etwas gewonnen habe.

Eine große Menschentraube versammelte sich um den Losstand. Die Verlosung begann, doch mein Plan sollte nicht aufgehen. Ingrid war die Erste von uns, die einen Baum gewann, aber dem nicht genug: Nach wenigen Minuten hatte sie erneutes Losglück und schleppte den zweiten Baum von dannen. In Windeseile musste ich meinen Plan ändern, denn einen dritten Baum würde sie sicher nicht gebrauchen können.

So suchte ich eilig neue Abnehmer für meinen bald eintretenden Gewinn. Jetzt war Eile geboten. Unter Lachen und Frotzeleien gesellte ich mich zu meinen Nachbarn, die mir natürlich mit Freude meinen Gewinn abnehmen wollten. Alle verpackten Baumexemplare waren bereits verlost.

Ich hatte noch keinen gewonnen. Vier Bäume schmückten jedoch den Losstand und reihten sich nun in die Verlosung ein.

Mir war klar, dass ich nun bald an der Reihe sein musste, und die Anspannung stieg. Der erste Baum aus der Vierergruppe wechselte den Besitzer. Der zweite trug nicht meine Losnummer. Dann, Nummer 1072, mein Gewinn. Freudig nahmen meine Nachbarn den schönen Weihnachtsbaum in Empfang. Ich hatte es ja gewusst.

Weihnacht ohne Stress oder
Der rettende Bote

Rainer Lewandowski

E ines wusste Elfrieda ganz genau: Sie wollte in den letzten
Tagen vor dem auch dieses Jahr unwiderruflich bevor-
stehenden Weihnachtsfest nicht wieder in Hetze und Stress
kommen wie im vergangenen Jahr. Mindestens Anfang Dezember sollte, nein, *musste* dieses Mal alles erledigt sein.

Sie hatte letztes Jahr fälschlicherweise gemeint, die Wünsche selbst seien nicht das Problem, es würde genügen,
wenn sie in der zweiten Dezemberwoche begänne, sich
um die nötigen Besorgungen zu kümmern. Damals hatte
sie sich frohgemut und siegesgewiss aufgemacht, das große
Einkaufszentrum in der Nähe ihrer Wohnung aufzusuchen.
Hier gab es schließlich alles. Aber dann geschah in den Geschäften Erstaunliches: Das meiste von dem, was Elfrieda
besorgen wollte, war in den Läden nicht vorrätig.

«Wie das?»

«Zu selten nachgefragt», hieß es. «Wir leisten uns aus
Kostengründen keine Lagerhaltung mehr.» «Wir können
nicht alle Varianten vorhalten!» «Es gibt Schwierigkeiten
in der Lieferkette, der Artikel wird wohl erst im nächsten

Jahr wieder vorrätig sein.» «Sie können vorbestellen und zum Fest vorab einen schönen Gutschein verschenken. Wir haben festlich gestaltete Entwürfe da!» Oder schlicht: «Ausverkauft!»

Das Schlimmste jedoch war: «Versuchen Sie es doch im Internet. Da gibt es alles, was Sie wünschen.»

Das Internet!

Elfrieda war es letztes Jahr mit vielen Mühen und nach langen, umständlichen und mühseligen Wegen schließlich doch noch gelungen, in letzter Minute, abgehetzt und atemlos, für jeden, halbwegs passend, eine Wunscherfüllung zu ergattern. Aber solchen Stress wollte sie nicht noch einmal erleben. Sie wusste jetzt, was sie retten würde: das Internet!

Allerdings erwies es sich dann doch nicht als ganz so einfach, wie es in den abwiegelnden und vertröstenden Ratschlägen der Verkäuferinnen und Verkäufer geklungen hatte. Elfrieda brauchte zuallererst nicht nur einen irgendwie gearteten Zugang zu diesem Internet, das, so viel wusste sie, mit einem Computer zu tun hatte, den sie – noch – nicht besaß.

Vor dem technischen Gerät hatte sie keine Angst, denn in ihrer letzten Zeit als Bürofachkraft hatte sie noch kurz vor der Rente die Anfänge der Digitalisierung miterlebt.

Elfrieda wollte rechtzeitig vorbereitet sein. Also wandte sie sich schon im Juni an ihre Enkel, ob die ihr bei der Sache mit dem Internet behilflich sein könnten.

«Klar, Oma, da brauchst du nur einen Laptop, einen Router, einen Provider, einen Vertrag und eine Menge Zeit, all die technischen Zusammenspiele zu lernen.» Aber, so die einhellige Meinung ihrer Enkel: «Vergiss es, Oma! Das verstehst du sowieso nicht!»

«Dann versucht es doch wenigstens bitte einmal mit mir!», forderte Elfrieda trotzig.

Schließlich war Denise, die Jüngste, bereit, sich um ihre Oma zu kümmern. Sie hatte sogar noch ihren alten Laptop übrig, der in der Schublade ihres Schreibtisches ungenutzt herumlag.

Denise besorgte Oma bei einem Telefonanbieter einen passenden Vertrag und Router, installierte die Geräte und war erstaunt, wie schnell und treffsicher Oma die Grundbegriffe und Arbeitsweisen der digitalen Welt begriff und anwendete. Sie hatten sich dafür Zeit genommen, gute drei Monate hatte es gedauert, alles in allem. Elfrieda blieb die ganze Zeit über dran. Das Internet machte ihr zeitweise sogar Spaß, als sie nicht mehr ganz so angstvoll darin unterwegs war und sich ein paar ‹Experimente› zu trauen begann.

Im Oktober bat Elfrieda ihre Familienmitglieder, ihr die Wunschlisten für das kommende Weihnachtsfest zukommen zu lassen. «Altmodisch analog schriftlich oder digital per E-Mail, wenn ihr wollt! Ist ja jetzt bei mir möglich!», sagte sie fachfrauisch.

«Oma spinnt!», meinten alle, außer Denise, die ihrer Oma die Technik eingerichtet hatte. Aber trotz aller Skepsis: Sie dachten sich ihre Wünsche in relativ kurzer Zeit tatsächlich aus und übermittelten sie bis Ende November digital an ihre digitalisierte Oma.

«Anfang Dezember reicht!», meinte Denise damals. «Das Netz ist schnell!»

Elfrieda ging ans Werk. Sie schaltete ihren Laptop ein,

um unverzüglich loszulegen. Das Gerät piepte, und das Betriebssystem fuhr hoch. Elfrieda wollte gerade anfangen und den ersten Wunsch in die Suchleiste eintragen, da unterbrach das Gerät ihr Ansinnen mit dem Hinweis, dass ein neues Systemupdate vorhanden sei, das etliche Verbesserungen bot. Elfrieda war verwirrt. Brauchte sie wirklich dieses sogenannte Systemupdate – was immer das war? *Ach was!*, entschied sie spontan. Aber dann wurde sie unsicher und besann sich: *Verbesserungen sind sicher nicht übel …*

Also setzte sie das Systemupdate mit einem Mausklick in Gang, und zwar für sofort. Dieser Klick legte den Laptop zunächst lahm. Als nach einigen stillen Minuten die Meldung auf dem Bildschirm erschien mit der Frage, ob sie das Update jetzt installieren wolle, stimmte Elfrieda zu. Wieder entstand für sie eine aufschiebende Arbeitspause.

Die nächste Meldung wies sie an, das Gerät nicht auszuschalten, es würden mehrere Neustarts des Systems erforderlich. Ein Ladebalken kroch in der Anzeige langsam vorwärts, verharrte dann auf einer Stelle – und schon war der Computer aus, der Bildschirm schwarz.

Elfrieda geriet leicht in Panik. Aber sie rührte tapfer keine Taste an, nicht einmal die Maus verrückte sie, in vollem Vertrauen in die von irgendwo gesteuerte selbstständig arbeitende Technik.

Plötzlich startete das Gerät neu. Kurz darauf rückte der Anzeigebalken der Installation wieder ein Stück weiter – bis der Bildschirm erneut dunkel wurde.

Elfrieda, eigentlich wollte sie längst ihren Suchbegriff eingegeben haben, fasste sich in unruhige Geduld, bis das Gerät erneut startete und den Statusbalken noch weiter vorantrieb. Elfrieda wartete ein wenig frustriert auf die nächste Unterbrechung, aber die kam nicht. Diese Update-Klippe hatte sie beunruhigt, aber doch gemeistert, sogar ohne Denise um Hilfe bitten zu müssen.

Als das Betriebssystem nach dem wiederholten Hochfahren ruhte und auf aktive Eingaben zu warten schien, schrieb Elfrieda den ersten Warenbegriff in die entsprechende Zeile ihrer Suchmaschine und drückte auf Enter. Hoffnungsfroh schaute sie auf das Display.

Es gelang! Auf Anhieb! Elfrieda hatte ein glückliches Händchen bei der Befüllung einiger Warenkörbe, bei der Eingabe der Lieferadresse, der Rechnungsadresse und der Versandart.

Klick. Klick. Klick. Klick. Prima! Elfrieda war begeistert. Dieses Internet war zum bequemen Einkaufen von zu Hause tatsächlich eine komfortable Sache. Da hatten die Verkäuferinnen und Verkäufer aus den Ladengeschäften schon recht, auch wenn sie durch diese Empfehlung ihren eigenen Arbeitsplatz abzuschaffen halfen.

Stolz meldete Elfrieda ihre Erfolge an Denise, die sich mit ihr freute und ihr zu dem Erfolg gratulierte.

Jetzt hieß es nur noch warten, bis die entsprechenden Pakete und Päckchen durch die Boten der Paketdienste bei ihr ankommen würden. Es dauerte gar nicht lange, da trafen die ersten Reaktionen auf ihre Bestellungen ein.

Produkt zurzeit nicht auf Lager oder nicht mehr lieferbar. Wir empfehlen, auf folgende ähnliche Produkte auszuweichen, die von anderen gern gekauft wurden.

Elfrieda war geschockt. Sie wollte keine anderen, auch keine ähnlichen Produkte. Sie musste doch die Wünsche ihrer Enkel und Familie erfüllen!

Bitte füllen Sie die alternative Bestellung umgehend aus. Das Angebot gilt, solange der Vorrat reicht. Danke. First-Class-Lieferung erfolgt sofort und ohne Aufpreis. Alle angebotenen Artikel auf Lager.

Aber diese anderen Angebote wollte sie doch nicht! Elfrieda war ratlos. Bevor sie sich darüber weitere Gedanken machen konnte, traf mit einem hörbaren heiter-unschuldigen Signal eine weitere Mail ein.

Danke für Ihren Auftrag. Das Paket mit Ihrer Bestellung ist bei uns bereits an Sie herausgegangen und trifft demnächst per Paketdienst bei Ihnen ein. Wir wünschen Ihnen viel Freude an der Ware.

«Na – geht doch!», freute sich Elfrieda zunächst. Doch dann stutzte sie. «Aber was habe ich bestellt? Den Artikel gibt es doch angeblich nicht?»

Sie atmete beruhigend in sich hinein. «Nun ja: Wie dem auch sei! Es wird noch alles gut…», tröstete sich Elfrieda, als eine weitere Mail, diesmal vom Paketauslieferungsdienst, auf ihrem Bildschirm eintraf.

Ihr Paket kommt bald. Morgen zwischen 10 und 13 Uhr. Im Falle Ihrer Abwesenheit soll es wo hinterlegt werden?

1. Beim Nachbarn abgeben?

2. Noch einmal zustellen?

3. Wo ablegen? Bitte Ablageort angeben.

Elfrieda entschied sich für ‹Beim Nachbarn abgeben›. Sie wusste, dass sie in der angekündigten Zeit aller Wahrscheinlichkeit nach wegen eines schon vor einiger Zeit festgelegten Arztbesuches nicht zu Hause sein würde.

Zu ihrer Freude erschien auch noch eine Ankündigungsmail für eine weitere Zustellung einer anderen Bestellung durch einen anderen Paketdienst auf dem Display. Der zeitliche Hinweis verhieß:

Der bestellte Artikel wird in den nächsten Tagen bei Ihnen eintreffen.

Nun hieß es für Elfrieda freudig abwarten. Alle kümmerten sich. Sie freute sich insgeheim schon auf den, wenn auch kurzen, Besuch des netten Paketboten, der bei ihr immer ein paar Minuten Zeit mitbrachte für ein kleines Gespräch. Für heute schaltete sie den Computer aus und ließ ihren gewohnten Fernsehabend beginnen.

Am nächsten Vormittag ging Elfrieda zum Arzt und machte ihre kleineren Besorgungen. Sie hoffte, dass sie vielleicht Glück haben würde, dass der Zusteller nicht während ihrer Abwesenheit käme. Ein Gespräch, und sei es über das Wetter, war eine schöne Abwechslung im Alltag. Doch sie war zu spät zurück: Das Päckchen war auch nicht bei der Nachbarin abgegeben worden.

Stattdessen fand sie im Briefkasten eine Karte mit der Anschrift der nächstgelegenen Paketstation, an der sie ihr Päckchen selbst abholen konnte, aber nicht vor 17 Uhr.

Elfrieda brühte sich einen Kaffee und setzte sich in ihrer Küche an den Tisch. Sie rang mit sich. Ein ‹Frustfraß› wäre jetzt angemessen, fand sie und holte ihre Keksdose aus dem Schrank. Da klingelte es an der Wohnungstür.

Sie schaute durch den Spion. *Der Paketbote!* Sie öffnete die Tür, erhielt ein Paket, das eine weiche Plastiktüte war, machte einen unlesbaren Kringel auf das ihr hingehaltene Mini-Display und bedankte sich bei dem Boten, nicht ohne sich bei ihm nach dem Wohlergehen seiner Familie zu erkundigen. Sie erfuhr, dass die kleine Tochter erkältet war und nicht zur Schule gekonnt hatte. Sie wünschte gute Besserung, schloss die Tür und verriegelte sie wieder mit dem Sicherungskettchen.

Am Küchentisch schaute sie sich die schlaffe Tüte näher an. «Die Bluse für Maria! Schon!», freute sie sich, als sie den Absender las. «Das ging aber schnell! Er funktioniert, der Interneteinkauf!»

Sie schnitt die Tüte sorgfältig mit einer Schere knapp an der Schweißnaht entlang auf, um nichts zu beschädigen. In der Hüllentüte befanden sich in einem Klarsichtplastikbeutel tatsächlich die Bluse und Papiere mit der Rechnung. «Weihnachten kann kommen! Muss morgen nur die Überweisung fertig machen … Kein Ding …»

Sie betrachtete mit einem gewissen Stolz und mit Genugtuung ihren ersten bei ihr eingetroffenen Interneteinkauf.

Dann fiel ihr auf: *Bluse, rot, Größe XXL* stand auf der Rechnung. Aber die vor ihr in Klarsichttüte verschweißt liegende Bluse war blau. Sie schaute nach dem Größenetikett: *XL*.

«Falsch! Alles falsch! Falsche Farbe! Falsche Größe! Und jetzt?», rief sie, den Tränen nahe, laut vor sich hin in ihre Küche. «Denise! Ich muss Denise anrufen! Die weiß, was hier zu tun ist!»

Denise meldete sich auch prompt, zum Glück, und erklärte ihr die Funktion des beigelegten Retourenscheins. «Ausfüllen, wieder einpacken, zur Post bringen und zurücksenden, portofrei.»

«Und dann? Was passiert dann mit der Bluse? Dann kommt sie an die richtige Bestellerin, die längst auch schon wartet, oder?»

«Wohl nicht», fügte Denise wie selbstverständlich hinzu. «Die wird auf den Müll geworfen. Alles andere wäre arbeits- und finanztechnisch zu teuer.»

Elfrieda war entsetzt. «Weggeworfen? Sie ist doch originalverpackt! Ich habe nichts aufgemacht!»

«Aber sie müsste vor einem Weiterversand kontrolliert und gereinigt werden. Wer soll das machen? Wer soll das bezahlen?»

«Aber…», Elfrieda überlegte, «aber dann machen die doch Verlust!»

«Nicht doch, Oma», entgegnete Denise, «diese Kosten sind doch längst auf die Preise aufgeschlagen.»

«Wie?», wunderte sich Elfrieda. «Und trotzdem sind sie so preisgünstig?»

«Logo! Die Firmen sparen! Die haben kein Ladengeschäft. Das heißt: keine Miete, keine Betriebskosten, keine

Deko, kein Reinigungspersonal, kein Gehalt für Verkaufs-fachkräfte, keine Kassen, keinen Packtisch, kein Werbever-kaufstütenmaterial. Stattdessen unausgebildetes Billigper-sonal in einer riesigen Regalhalle zum Heraussuchen und Einpacken der bestellten Waren. Du steckst ganz einfach die falsche Bluse zurück in die große Verpackungstüte, Oma, machst sie zu und klebst den Retourenschein außen drauf. Alles andere macht die Post. Aber hinbringen musst du sie schon … Oder du wartest den Paketboten ab, wenn der mal wieder vorbeikommt. Dem kannst du die Retoure auch mit-geben.»

«Danke, Denise», sagte Elfrieda, noch ein wenig verstört, legte den Hörer auf und setzte sich an ihren Küchentisch. Drei Frustkekse waren nötig, und zwei Pralinen Zartbitter-schokolade mit Nugatfüllung. Elfriede war aufgerüttelt und innerlich erschüttert. Sie hatte sich die Zusammenhänge hinter ihrer Bequemlichkeit beim Einkauf anders vorge-stellt …

Da fiel ihr ein, was noch zu erledigen war: die Abholung des Paketes von der Packstation. Zu schade, dass sie ih-ren Paketboten verpasst hatte. Elfrieda wartete, bis es Zeit war, ging frühzeitig los und war kurz nach 17 Uhr an der Packstation, nachdem sie ein paar Passanten hatte fragen müssen, wo denn diese Station zu finden sei. «Hinten um die Ecke, an der Rückwand des Getränkehandels.»

Den Packzettel in der Hand, stand Elfrieda schließlich vor der Schubfachwand. Sie war hilflos, bis sie in der Wand ein leicht zurückgesetztes Element mit einem kleinen Glas-fenster entdeckte. Sie las die sich darin ständig wiederho-lende Anweisung:

Halten Sie die Karte mit dem Strichcode vor das Fenster. Der Laser liest den Strichcode ein, öffnet das Fach, und Sie entnehmen Ihr Paket.

Elfrieda tat wie ihr geheißen: Sie hielt die Abfolge der vielen Striche auf das Glasfenster, in dem ein rotes Licht blinkflackerte. Erwartungsvoll wartete sie auf das angekündigte Türchen-öffne-dich. Nichts geschah. Sie wiederholte den Vorgang. Nichts geschah. Sie wiederholte mehrmals. Mehrmals geschah nichts. Da Automaten nie irren, das wusste Elfrieda, war es wieder einmal sie selbst, die offenbar etwas falsch machte. Ein junger Mann, ebenfalls mit einer Abhol-Karte in der Hand, wartete geduldig, wie Elfrieda noch ein paar ergebnislose Versuche unternahm. Dann sagte er: «Sie müssen die Karte in einigem Abstand zum Glasfenster halten.»

«Danke», sagte Elfrieda dankbar. «So?» «So?» «So?» Jeweils geschah nichts.

«So!», rüffelte sie der junge Mann, nun schon etwas ungeduldig. Er hielt demonstrativ seine eigene Karte vor das Glasfenster und traf offenbar auf Anhieb den richtigen Abstand. Es klackte, und ein Schubfachdeckel sprang auf. Der junge Mann entnahm sein Päckchen, rief «Schönen Tag noch!» und entfernte sich, bevor Elfrieda ihn um Hilfe bitten konnte. *Wie einfach ist dagegen doch ein Paketbote!*

Sie versuchte noch einige Male, die Karte in unterschiedlichen Abständen vor das Glas zu halten. Plötzlich sprang ein Fach auf. Elfrieda hatte sich wohl den richtigen Abstand nicht genau abgeguckt. *Egal!* Sie entnahm ihr Paket und verließ schnurstracks diesen Ort der eigenwillig agierenden Packstation.

Den Abend über grübelte Elfrieda über Sinn, Zweck und Nutzen dieser Internetbestellungen. Eine E-Mail kündigte ihr noch am späteren Abend an, dass ein weiteres Paket voraussichtlich morgen bei ihr eintreffen werde. Es befinde sich bereits im Auslieferungsfahrzeug. Wenn sie wolle, könne sie mithilfe des Zahlencodes den genauen Standort ermitteln und sich anzeigen lassen. Sie wollte nicht. Aber sie war sich sicher, dass sie morgen ihre Wohnung nicht verlassen würde, bis das Paket bei ihr abgeliefert worden wäre.

Elfrieda wartete den ganzen Tag, aber kein Bote klingelte bei ihr. Stattdessen fand sie am Abend eine Mail vor, die ihr mitteilte, dass sich die Zustellung verzögere, ihr Paket aber noch immer im Zustellwagen liege. Sie könne es anhand der Sendungsnummer nachverfolgen.

Am kommenden Tag ging alles glatt. Zwei Zusteller klingelten über den Tag verteilt und überreichten ihr gegen einen Unterschriftenkringel die Sendungen. Die Zweifel an den Internetordern beruhigten sich allmählich in Elfrieda. Was sie besonders genoss, war das kurze Gespräch mit dem zweiten Boten, dem sie die bereitliegende Retoure mitgab. Ihm erzählte sie von ihren diesjährigen Weihnachtsinternetbestellungen und dass sie hoffte, die Retoure der Retoure käme pünktlich vor dem Fest zu ihr zurück. «Meine Enkel freuen sich doch schon so! Dann hätte ich die Internetbestellungen tatsächlich rechtzeitig vor Weihnachten erhalten!»

Die letzten Tage vor Weihnachten kam kein Paket. Elfrieda wartete vergebens auf die Retoure ihrer Retoure. Sie erhielt weder eine E-Mail, noch klingelte ein Bote bei ihr.

Das Fazit dieses technisierten Weihnachten fiel in Elfriedas Beurteilung gemischt aus. Überzeugt hatte sie dieses Verfahren des Einkaufens nicht: viele Umstände und Schwierigkeiten, zwei richtige Bestellungen hatte sie erhalten, eine gar nicht.

Gegen Mittag des Heiligen Abends verfiel Elfrieda schließlich auf den Gedanken, für die noch immer fehlende rote Bluse einen handschriftlichen Gutschein auf einer mit brennender Kerze und Tannenzweig aquarellierten Weihnachtskarte anzufertigen. Sie legte den in Schönschrift gefertigten Schein zu den anderen Geschenken, die sie sorgfältig weihnachtlich verpackt hatte. Dann musste sie los zu ihren Kindern und Enkeln zur Bescherung.

In diesem Augenblick klingelte es. Ein Blick durch den Spion verriet ihr: eine Weihnachtsmütze! Sie öffnete vorsichtig die Tür. Es war der nette Paketbote, der ihr eine Plastiktüte überreichte, eine wie die, in der die falsche Bluse gewesen war. «Tut mir leid», entschuldigte sich der nette Mann. «War im Wagen. Wahrscheinlich in einer Kurve hinter ein anderes Paket gerutscht. Habe ich vorhin zufällig wiedergefunden. Ich bringe Ihnen das Päckchen, von meiner Route abweichend, ausnahmsweise noch rasch vorbei. Weil doch Weihnachten ist. Hier! Bitte sehr. Und entschuldigen Sie. Frohe Weihnachten wünsche ich!»

«Danke. Vielen, vielen herzlichen Dank! Auch Ihnen frohe Weihnachten, Herr … rettender Bote …»

Elfrieda begriff, dass das Internet ihr das fehlende Paket sicher nicht vorbeigebracht hätte.

Nikola kennt den Weihnachtsmann

Dagmar Günther

M athilda, bist du wach?» Was für eine Frage, natürlich ist sie das. Gefühlt wartet die Fünfjährige bereits eine Ewigkeit, dass Mama sie endlich wecken kommt: Schließlich ist heute Nikolaustag! Mit einem Satz springt das Mädchen aus dem Bett und eilt die Treppen hinunter in den Flur. Zu gern hätte sie schon eher einen Blick auf die blitzblank gewienerten Stiefel gewagt, die sie am Vorabend dort aufgestellt hat. Aber sie hat sich nicht getraut.

«Der Weihnachtsmann bringt nur den Kindern etwas, die immer artig und nett sind», hat ihre Erzieherin Nikola die streitenden Kinder in der Kita erst gestern ermahnt.

«Was, wenn das auch der Nikolaus so macht?», fragt Mathilda sich nun bange. Denn immer nett war sie nicht, wenn sie so an die letzten Tage denkt. So hat sie, als Mama am 1. Dezember den Weihnachtskalender mit den vierundzwanzig Beutelchen für sie im Kinderzimmer aufgehängt hatte, heimlich einen Blick in alle gewagt und ein Pixi-Buch, das ihr besonders gefiel, einfach in den Beutel für den nächsten Tag gepackt. Mama hat es natürlich bemerkt und sie zur Rede gestellt.

Ob der Nikolaus wohl gelten lassen würde, dass Mathilda gestern reuevoll nicht nur ihre, sondern auch noch Mamas und Papas Stiefel geputzt hat? Sie hofft es inständig.

Ganz in Gedanken kommt die Kleine unten im Eingangsbereich an und schaltet das Licht ein. Oh, wie das glitzert und funkelt. «Mama, Papa, kommt ganz schnell, der Nikolaus war da», jubelt sie erleichtert.

Voller Freude betrachten nun alle, was dieser in die Stiefel gesteckt hat. Ein Parfüm und Pralinen für Mama, einen Kalender und seine Lieblingskekse für Papa. Mathilda findet in ihren Schuhen bunte, glitzernde Schokoladenkugeln, einen Weihnachtsmann und ein kleines Märchenbuch. Nach dem Frühstück blättert sie immer wieder darin und kann sich kaum trennen.

«Nun, komm schon, Mathilda. Vielleicht war der Nikolaus ja auch in der Kita», versucht Mama sie zu locken. Na, da ist das Mädchen sich nicht so sicher. Gab es doch beim Spielen gestern jede Menge Ärger. Zuerst brach ein Streit um das Puppentheater zwischen Mathilda, ihrer Freundin Avi und den Zwillingen Alexa und Alexander aus. Dann hat Avi Mathildas besten Freund Alois geschubst, weil beide mit dem Postauto spielen wollten. Natürlich verteidigte Mathilda ihren Alois lautstark und schubste zurück, sodass zu guter Letzt Erzieherin Nikola einschreiten und die Streithühner trennen musste.

Als sie in der Kita ankommen, hängt Mathilda ihre Jacke an den Haken, zieht die Stiefel aus und schlüpft in die Hausschuhe.

«Na, hat der Nikolaus dir heute etwas gebracht?», fragt Nikola interessiert.

«Ja», sagt Mathilda leise. Schnell gibt sie Mama ein Küsschen zum Abschied. Dann verschwindet sie in der Küche, denn heute hat Mathilda «Tellerdienst».

Mit einem fröhlichen «Guten Morgen», wird sie dort von ihrer Lieblingsköchin Anna begrüßt. Flugs reicht diese Tassen und Teller hinüber, die die Kleine auf den Servierwagen stapelt, damit sie beide später im Essensraum die Tische decken können. Butter, Marmelade, etwas Wurst und Käse, dampfendes Brot und jede Menge Obst hat Anna bereits aufgetischt.

«Und, was denkst du, haben wir heute auch etwas vom Nikolaus zu verteilen?», stellt Anna nun die alles entscheidende Frage.

«Zu Hause hat er etwas gebracht, obwohl ich nicht immer lieb war», antwortet Mathilda wahrheitsgemäß, «aber, hier in der Kita …?»

«Hm, dann schauen wir doch mal.» Anna zwinkert Mathilda zu und zieht einen großen Beutel hervor. «Den hat er heute früh dagelassen. Ich habe gerade noch seine Zipfelmütze um die Ecke verschwinden sehen.»

«Was, du hast den Nikolaus gesehen?» Mathilda ist begeistert, und Anna wirbelt das Mädchen im Kreis herum.

«Du darfst auf jeden Teller einen Keks-Nikolaus und zwei Schokoladen-Engel legen.»

Mathilda atmet auf: Das ist ja noch mal gut gegangen.

«Anna», fragt Mathilda, als sie alle Teller platziert hat, «meinst du, ob mir denn auch der Weihnachtsmann etwas bringen wird, obwohl ich nicht immer nett war?»

«Ich denke schon», lacht Anna, «wo du doch ein so fleißiger ‹Tellerdienst› bist.»

«Aber Nikola hat gesagt, er bringt nur den artigen Kindern etwas. Und sie kennt doch den Weihnachtsmann», entgegnet Mathilda. «Sie hat gesagt, sie hat sogar Kontakt zu ihm, wenn gar nicht Weihnachten ist.»

Anna nimmt Mathilda in den Arm und flüstert: «Kein Mensch ist immer nett. Doch meistens sollte er versuchen, es zu sein.» Und Nikola, so verrät sie, nutze ihren Draht zum Weihnachtsmann ganz sicher auch, «um ihm zu berichten, wenn Kinder wieder lieb sind».

«Wirklich?», fragt Mathilda mit großen Augen.

«Na klar doch! Aber das bleibt unser Geheimnis, versprochen?», fordert Anna.

«O. k. – das bleibt unser Geheimnis», wiederholt Mathilda mit fester Stimme. Und ihr kommt eine Idee, aber die behält sie vorerst für sich.

«Frühstück ist fertig, und der Nikolaus war da», ruft Anna nun die Kinder herbei. Sie stürmen ins Esszimmer, setzen sich an den Tisch und freuen sich riesig über die Leckereien. Ein besonders schöner Kita-Tag nimmt seinen Lauf. Nikola hat ihre helle Freude an den lieben Kleinen. Es gibt weder Streit, wer heute am Weihnachtskalender das Türchen mit der Sechs öffnen darf, noch, wer mit wem mit welchem Spielzeug spielt.

Als Köchin Anna ins Spielzimmer schaut, um Mathilda zu bitten, den Mittagstisch mit einzudecken, stecken diese, Avi und Alois gerade die Köpfe zusammen. Sie werfen sich verschwörerische Blicke zu. «Sie wird doch nicht etwa …?» Anna hält den Finger an den Mund, um Mathilda an ihr Versprechen zu erinnern. Das Mädchen nickt, lächelt und hebt ebenfalls den Finger an den Mund.

«Was soll das denn heißen?», fragt Avi aufgeregt.

«Ach, das ist nur eine Geheimsprache für den ‹Teller-dienst›», beteuert Mathilda.

«Die muss Anna mir auch beibringen, wenn ich dran bin», drängelt Alois.

«Ma… macht sie bestimmt», stammelt Mathilda.

Schnell läuft sie in die Küche, um die Sache mit Anna zu klären. Diese lächelt und verspricht, ihr Bestes zu tun.

Nach dem Mittagessen schneiden die Mädchen und Jungen einträchtig Sterne aus und kleben sie auf bunte Weihnachtskarten. Alle beteiligen sich danach am Aufräumen. Und Nikola liest ihnen anschließend eine Weihnachtsgeschichte vor, bevor sie sich für heute zum Weihnachtseinkauf verabschiedet. «Womöglich treffe ich ja den Weihnachtsmann», lacht die Erzieherin fröhlich.

«Mama, willst du ein Geheimnis wissen?» Mathilda stürmt ihrer Mama entgegen, als diese sie später am Nachmittag abholen kommt. Anna, die heute zusätzlich den Spätdienst übernommen hat, rollt mit den Augen.

«Ich war heute ‹Dienstteller›», ruft Mathilda und zwinkert der Köchin zu. Anna atmet auf, und Mama schmunzelt.

«Mathilda, erstens heißt es ‹Tellerdienst›, und zweitens ist das doch überhaupt kein Geheimnis», mischt Avi sich ein. Sie wisse ein viel besseres: «Nikola kennt den Weihnachtsmann – sogar persönlich!»

«Das wissen wir doch alle schon längst», rufen die Kinder jetzt aufgeregt durcheinander.

«Schließlich ist der Weihnachtsmann Nikolas Ehemann Ruprecht», erklärt Alois stolz. Das habe er beim vergangenen Weihnachtsfest in der Kita herausgefunden, weil der Weihnachtsmann mit Ruprechts Stimme sprach und dieselben Schuhe anhatte.

«Aber der Mann von Nikola ist doch Verkäufer und immer im Supermarkt», wirft Alexa ein.

«Na und», entgegnet Alois, «als Weihnachtsmann arbeitet Ruprecht doch nur an Weihnachten.»

«Aber da ganz viel, denn er muss die Kinder der ganzen Welt beschenken», fügt Alexander hinzu. Alle Mädchen und Jungen pflichten ihm bei.

«Und wisst ihr was?», verrät Mathilda nun, worüber sie schon den ganzen Tag nachgrübelt: «Vielleicht kennt Nikola ja auch den Nikolaus persönlich.»

«Schon möglich», meint Mama.

«Könnte doch glatt ihr Bruder sein», sagt Anna grinsend.

«Stimmt genau», pflichtet Mathilda ihr bei, «schließlich sind Alexa und Alexander auch Schwester und Bruder.» Die Zwillinge nicken.

Und Alois verkündet: Ob Erzieherin Nikola womöglich wirklich einen Bruder Nikolaus hat, der der echte Nikolaus ist, werde er auch noch ermitteln, schließlich sei sein Vater Kriminalist. Dass Alois das rauskriegen wird, da ist sich Mathilda megasicher.

Weihnachten mit Hindernissen

Anja Puhane

Sind Sie wirklich sicher, dass Sie fahren wollen?» Die Pflegerin blickte mehrmals zwischen dem Rollkoffer und der alten Dame hin und her und runzelte die Stirn.

«Ja, bin ich!» Betti Müller straffte die Schultern. «Außerdem hat der Eduard mir jetzt extra den Koffer geliehen.»

Dr. Eduard Schwanitz gehörte zu ihrer Canasta-Runde und war so etwas wie ihr bester Freund.

«Na, dann gute Reise», sagte die Pflegerin und sah zu, wie der Taxifahrer das Gepäck in den Kofferraum lud. Kurz darauf fuhr der Wagen über den weißen Kies der Auffahrt davon.

Betti Müller war ein wenig mulmig zumute, als sie mit ihrem Koffer zum Bahnsteig marschierte. Sie war noch rüstig für ihre fünfundsiebzig Jahre, mit ihrer schlanken Figur und dem weißen Pagenkopf sogar eine ziemlich elegante Erscheinung. Aber sie musste zugeben, dass sie zweifelte, ob ihr Vorhaben wirklich eine gute Idee war.

Ein freundlicher Zugbegleiter verstaute ihr Gepäck, und sie ließ sich erleichtert in ihren Sitz sinken. Mit jedem Kilometer, den der Zug zurücklegte, entspannte sie sich mehr, fühlte sich wieder wie ein junges Mädchen, das zu einem Abenteuer aufbricht. Das erinnerte sie an die Jugendbücher, die sie damals verschlungen hatte. Sie lächelte, in der Gegenwart trafen sich ihre fünf Freunde jeden Donnerstag zum Canasta, das war ihnen aufregend genug.

Es dämmerte bereits, als der Zug in den Kölner Bahnhof einfuhr. Betti war an ihrem Fensterplatz eingenickt und wunderte sich über das Schneetreiben, als sie die Augen aufschlug. «Weiße Weihnachten, wie nett», dachte sie.

Wenige Minuten später stand sie im kalten Bahnhof vor der Anzeigetafel und war wenig begeistert von dem, was sie sah.

«Was heißt ‹fällt aus›?», fragte sie den Mann an der Information.

«Ähm», er räusperte sich, «was ist denn an ausfallen nicht zu verstehen? Der Zug fährt nicht. Der letzte Zug in Ihre Richtung ist vor einer Stunde gefahren und aufgrund einer Schneeverwehung liegen geblieben. Da können Sie froh sein, dass Sie jetzt hier im Warmen sind. Das dauert noch, bis der weiterfährt. Und bis der nächste auf der Strecke eingesetzt werden kann, wird es morgen sein.»

«Wie soll ich denn jetzt zu meinen Kindern in die Eifel kommen?» Betti merkte, wie ihr die Tränen in die Augen stiegen.

«Rufen Sie die an, die holen Sie bestimmt ab.» Der Mann sah nun doch etwas mitfühlend aus. «Setzen Sie sich doch erst mal ins Restaurant und trinken Sie einen heißen Tee, dann sieht die Welt schon ganz anders aus. Frohe Weihnachten!» Er schob ihr einen Gutschein für ein Heißgetränk zu.

«Auch so», murmelte Betti und zockelte mit ihrem Köfferchen Richtung Bahnhofsrestaurant.

Sie war nicht die einzige Gestrandete. Mit etwas Mühe fand sie einen Platz in einer Ecke, neben einem jungen Mann. Sie setzte sich und seufzte. Ihr Sitznachbar starrte auf sein Smartphone und schien sie kaum wahrzunehmen.

Eine Weile später hatte sie eine dampfende Tasse Tee vor sich stehen, musste aber zu ihrem Entsetzen feststellen, dass das Restaurant sich nach und nach leerte.

«Wo gehen die denn alle hin?», fragte sie.

«Schienenersatzverkehr, Taxi oder werden von Verwandten abgeholt», murmelte der junge Mann.

«Und Sie, werden Sie auch abgeholt?» Es sollte nicht so bissig klingen, aber nun war es raus.

Er schüttelte den Kopf. «Ich weiß auch gar nicht, ob ich das will. Eigentlich wollte ich Weihnachten mit meiner Freundin feiern, aber die musste ja unbedingt zu ihrer Familie. Damit hatte ich auch keine Ausrede mehr für meine Mutter.»

«Hätten Sie nicht mit zu Ihrer Freundin fahren können?» Betti, das geht dich nichts an, sagte eine Stimme in ihrem Kopf, die sie geflissentlich ignorierte.

Er druckste herum. «Die sind so etepetete, so richtig reiche Leute, da hätte ich mich bestimmt unwohl gefühlt. Meine Eltern wohnen nur in einem kleinen Reihenhaus.»

«Na und?» Betti vergaß spontan, dass sie selbst in einer noblen Seniorenresidenz wohnte. «Ich will dir mal was sagen, Junge. Wir, das heißt mein Mann und ich, haben uns alles mühsam aufgebaut, mit Fleiß und Verstand. Aber wir haben nie vergessen, wie wir angefangen haben. Mit nichts!

Wir waren sehr stolz, dass unsere Tochter studieren konnte. Trotzdem hat sie immer in den Semesterferien gearbeitet.» Sie merkte, wie die Tränen wieder hochstiegen, und fragte sich, was sie eigentlich erzählte.

«Verstehen Sie mich nicht falsch, ich weiß es sehr zu schätzen, was meine Eltern für mich tun.»

«Und warum sind Sie dann nicht bei Ihrer Familie?»

«Das ist mir alles zu eng, zu spießig. Immer der gleiche Ablauf, das gleiche Essen, die gleichen Fragen, die gleichen Antworten. Diese ganze verstaubte Tradition.» Er stockte. Trotzig streckte er das Kinn vor: «Warum sind Sie eigentlich nicht bei Ihrer Tochter?»

Jetzt ließen sich die Tränen nicht mehr aufhalten. Als sie sich ein bisschen beruhigt hatte, sprach sie weiter, mit viel leiserer Stimme: «Seit dieser Pandemie ist meine Tochter total besorgt. Ich soll dies nicht und das nicht. Am liebsten würde sie mich im Heim einsperren. Im goldenen Käfig sozusagen.»

«Und Sie sind nicht geeignet für Käfighaltung.»

Sie lachte. «Das trifft es sehr gut. Mir ist es noch nie leichtgefallen, die Füße still zu halten, abzuwarten, nichts zu tun. Natürlich war mir klar, dass die Kontaktsperre sein muss, aber es ist mir sehr schwergefallen, immer nur die gleichen alten Leute um mich zu haben. Und jetzt ist ja auch langsam mal gut. Alles wird gelockert, geht wieder seinen normalen Gang, nur meine Familie sieht das nicht ein. Weihnachtsgrüße über Skype! Wie lächerlich!»

Er lachte ebenfalls. «War aber zu Ihrem Schutz. Und Ihre Tochter meint es sicher nur gut.»

Sie seufzte. «Ich weiß. Trotzdem, ich bin geimpft, mir

geht es blendend. Und ich glaube, ich brauche jetzt mal was Stärkeres als Tee.»

Sie bestellte zwei Kölsch und zwei Schnaps, dann prosteten sie sich zu. Zwei Getränke später waren sie per Du. Betti und Moritz.

«Und jetzt?»

Moritz seufzte. «Ach Betti, irgendwie hast du ja recht, Weihnachten mit der Familie ist doch schön. Und ich glaube, ich muss mal *ins doing kommen*, wie wir heute so sagen, und selbst Entscheidungen treffen. Dann sind die Fragen meiner Eltern vermutlich auch nicht mehr so unangenehm. Ständig fragen sie, wann ich mit dem Studium endlich fertig bin, wie es dann weitergeht, wann ich ihnen meine Freundin vorstelle, ob es etwas Ernstes ist und so weiter.»

Er zog sein Handy aus der Tasche.

«Ja, Mum, ich bin's, dein missratener Sohn. Ja, ich bin in Köln. Ja, sehr gerne, aber da ist noch was. Ich würde gerne jemanden mitbringen. Nein, nicht meine Freundin, das heißt eigentlich schon eine Art Freundin, also, genau genommen quasi meine Adoptivoma.»

An dieser Stelle trat eine kleine Pause ein. Dann sagte Moritz: «Ihr werdet sie mögen.»

Eine gute Stunde später saßen beide im Wagen von Moritz' Vater.

«Ist doch klar, dass wir Sie bei uns aufnehmen. Sie können doch Weihnachten nicht in der Bahnhofsmission verbringen.»

Na ja, dachte Betti, wäre auf jeden Fall ein Abenteuer gewesen. Und jetzt bewegte sie sich immer weiter von ihrem eigentlichen Ziel weg.

«Wo bist du?», schrie ihre Tochter in den Hörer, als sie sich bei ihr meldete.

Sie nannte noch einmal den Namen des kleinen Ortes, den sie vorher noch nie gehört hatte.

«Die Leute sind wirklich sehr nett, die Eltern vom Moritz, die kleine Schwester und natürlich der Moritz selbst. Die haben mich direkt als Oma adoptiert.» Betti lachte. «Und morgen wollen sie mich in die Eifel fahren. Das heißt, wenn ihr mich sehen wollt.»

Schweigen am anderen Ende der Leitung.

«Natürlich wollen wir das. Wie konntest du nur jemals etwas anderes denken?»

«Weiß ich auch nicht», sagte Betti und lächelte.

Nikolausverwirrung

Gabriele Frisch

Es ist mächtig still hier ohne unseren Wirbelwind», konstatierte Anja und griff nach der Kaffeekanne. «Nele hat gewiss reichlich Spaß bei ihrer Patentante samt Familie; für mein Empfinden wäre eine Übernachtung allerdings völlig ausreichend gewesen.»

«Wem sagst du das?», seufzte Hendrik über den Rand seiner Lektüre hinweg, in der er desinteressiert geblättert hatte. «Ich vermisse die quirlige Nervensäge auch unheimlich und bin gespannt darauf, was sie uns heute Abend zu berichten hat.»

«Sie wird losprudeln wie ein Wasserfall», prophezeite Anja schmunzelnd. «Hoffentlich haben Felix und Jonas ihr nicht allzu viel Unsinn beigebracht!»

«Das ist wohl eher zweitrangig», wiegelte Hendrik ab. «Die beiden haben es mit ihren elf und dreizehn Jahren zwar faustdick hinter den Ohren, aber sie sind absolut vernarrt in ihre kleine Cousine und lassen sich vermutlich gnadenlos von ihr einwickeln. Außerdem …»

Das Schrillen des Telefons ließ ihn verstummen. Sofort schnappte sich Anja das in ihrer Reichweite deponierte

Mobilgerät, wobei sich ihre Miene schlagartig verdüsterte. «Nanu, Sabrina ruft an», setzte sie Hendrik ins Bild. «Das hat nichts Gutes zu bedeuten!»

«Hallo, Anja», begrüßte ihre Schwester sie Sekunden später aufgeregt. «Leider gibt es Komplikationen. Nele möchte dringend abgeholt werden.»

«Oh!» Anja schluckte unbehaglich und schaltete vorsichtshalber den Lautsprecher ein. «Was ist denn passiert?»

«Wenn ich das wüsste», erwiderte Sabrina ratlos. «Vor einer Stunde war alles noch in bester Ordnung! Die Jungs haben gemeinsam mit Nele Weihnachtsschmuck gebastelt, und es ging ziemlich lustig dabei zu. Kurz darauf ist Nele kreidebleich in der Küche aufgetaucht und hat mich darum gebeten, euch anzurufen. Irgendetwas muss sie regelrecht aus der Balance geworfen haben, doch sie weigert sich vehement, ihren Kummer preiszugeben.»

«Hast du bei Felix und Jonas nachgehakt?», erkundigte sich Anja.

«Natürlich», beteuerte Sabrina. «Die beiden können sich den plötzlichen Stimmungsumschwung ebenfalls nicht zusammenreimen. Das Ganze ist mir ziemlich peinlich, denn eigentlich solltet ihr ja euer freies Wochenende genießen …»

«Kein Problem, Sabrina», unterbrach Anja den Redeschwall, «wir sputen uns und sind sofort zur Stelle.»

Flugs waren Hendrik und sie startklar. Unterwegs bemühte sich Hendrik emsig darum, Anja zu beruhigen, obwohl er gleichermaßen weder eine undefinierbare Magenverstimmung noch plötzliches Heimweh in Betracht zog. Waren Jonas und Felix etwa doch mit diversem Unfug über das Ziel hinausgeschossen?

Nele hatte bereits ihre Habseligkeiten eingepackt und stürmte ihren Eltern aufgelöst entgegen, nachdem die Tür von Sabrina geöffnet worden war. «Mama, Papa, endlich!», piepste sie mit brüchiger Stimme. «Fahren wir gleich los? Ich möchte unbedingt ganz schnell nach Hause!»

«Na, du hast ja ein Tempo drauf!» Hendrik hob sie hoch und strich ihr ein paar Haarsträhnen aus dem wahrhaftig reichlich blassen Gesicht. «Hast du dich denn schon von allen verabschiedet?»

Nele sog hörbar die Luft ein und verdrehte die Augen, woraufhin ihre Tante rasch einlenkte. «Mehr oder weniger», wich sie aus. «Versprichst du mir, uns bald wieder zu besuchen, Nele?»

«Nein!» Zur kompletten Verblüffung sämtlicher Anwesenden schüttelte Nele heftig den Kopf und würdigte Sabrina keines weiteren Blickes. Auch Felix und Jonas, die die Szene zusammen mit ihrem Vater betreten vom Korridor aus verfolgten, beachtete sie nicht mehr.

«Mir fehlen echt die Worte.» Sabrina rang um Fassung, während Hendrik Nele zum Pkw brachte. «Nele und ich haben doch noch nie Schwierigkeiten miteinander gehabt, und ich schwöre dir, dass die Jungs nichts ausgeheckt haben. Hältst du mich bitte auf dem Laufenden, Anja?»

«Selbstverständlich!» Anja nickte allen entschuldigend zu, dann machte auch sie auf dem Absatz kehrt und gesellte sich zu Nele auf den Rücksitz.

«Übelkeit und Bauchschmerzen können wir ausschließen», verkündete Hendrik und aktivierte den Zündschlüssel. «Auch sonst scheint es keinerlei gesundheitliche Beeinträchtigungen zu geben.»

Behutsam tastete sich Anja mit ein paar unverfänglichen Fragen an die Ereignisse der letzten beiden Tage heran; Neles Schilderungen hielten sich jedoch auf Sparflamme.

Auch zu Hause wollte die Fünfjährige nicht so richtig auftauen, was äußerst untypisch für sie war. Wie ein Häufchen Elend kauerte sie auf dem Sofa und ignorierte jegliche Beschäftigungsmöglichkeit, mit der die Eltern sie aus der Reserve zu locken versuchten.

«Ich kapiere das nicht», resignierte Hendrik, als sich Anja um die Zubereitung des Mittagessens kümmerte. «Dermaßen verstört habe ich Nele noch nie erlebt! Womit können wir sie denn bloß aufheitern und zum Erzählen anstacheln?»

«Keine Ahnung!» Anja runzelte beklommen die Stirn. «Vielleicht sollten wir …»

«Sie sind alle total gemein», schimpfte Nele unvermittelt, «und das hat der Nikolaus nicht verdient!»

Perplex eilten Hendrik und Anja ins Wohnzimmer. «Nele, wovon redest du?», bohrte Anja nach.

«Onkel Stefan, Felix und Jonas haben den Nikolaus geschlachtet», erklärte Nele mit tränenfeuchten Wangen. «Der Nikolaus war so furchtbar nett bei seinem Besuch neulich, und nun …»

«Ach du liebe Güte», murmelte Hendrik, und rasch dämmerte ihm einiges. «Du musst dir keine Sorgen machen, Nele! Vermutlich haben sich die drei einen Nikolaus aus Schokolade einverleibt!»

«Das glaube ich nicht», schluchzte Nele hemmungslos. «Tante Sabrina hat nämlich einen Nikolausbraten in den Backofen geschoben. So etwas Grausames hätte ich ihr nie zugetraut! Der arme Nikolaus!»

«Und weil du nichts von dem Braten essen wolltest, hast du Alarm geschlagen?», forschte Hendrik und floss fast über vor Mitleid. Sein Kollege hatte sich am sechsten Dezember für Nele als Nikolaus verkleidet, und die dem vermeintlichen Himmelsknecht offenbarte Zuneigung war herzerweichend gewesen. Es war also kein Wunder, dass das Mädchen nun förmlich überreagierte.

Nele nickte schniefend. «Ich … ich möchte Tante Sabrina und die anderen nie wieder besuchen!»

«Stopp, stopp, mein Schatz», schaltete sich Anja ein, ehe sie ihrer Tochter tröstend einen Arm um die Schultern legte. «Das Fleisch hat Tante Sabrina im Supermarkt gekauft, und man spricht lediglich deshalb von einem Nikolausbraten, weil Apfelstückchen und Nüsse darin eingerollt sind. Mit dem lebendigen Nikolaus hat die ganze Sache überhaupt nichts zu tun.»

«Im Übrigen hält sich der Nikolaus doch längst wieder im Himmel auf», fügte Hendrik an. «Du brauchst daher wirklich keine Angst um ihn zu haben.»

«Und wenn ihm doch etwas zugestoßen ist?», zauderte Nele noch immer. «Können wir ihm nicht, genau wie dem Christkind, einen Brief schreiben?»

«Das ist eine hervorragende Idee», bekräftigte Anja und organisierte Stift und Papier.

Hendrik atmete tief durch, angelte sein Smartphone vom Tisch und verließ den Raum, um seinen Kollegen zu kontaktieren. Ein Anruf vom Nikolaus würde die Bereinigung der Situation sicherlich vorantreiben und Nele garantiert vollends beschwichtigen!

Weihnachten mit Umfahrung

Frauke Schuster

Kennen Sie Malching? Die kleine Gemeinde mit etwa 1300 Einwohnern liegt im bayerischen Inntal, an der Strecke zwischen München und Passau. Jahrzehntelang teilte die B12 den Ort in zwei Teile; die stark befahrene Bundesstraße mit ihren endlosen Fahrzeugschlangen quälte die Einwohner mit Abgasen sowie ständigem Lkw-Lärm, und um die Straße gefahrlos zu überqueren, brauchte man viel Geduld. Kein Wunder, dass sich die Bürger nach einer Umfahrung sehnten, die im Jahr 2014 mit einem Teilstück der A94 endlich realisiert wurde.

Natürlich gönnte ich den Malchingern ihre neue Umgehungsstraße und die damit verbundenen Erleichterungen. Schließlich kannten mein Mann und ich, die wir im nahe gelegenen Landkreis Altötting leben, die B12 zur Genüge. Meine Mutter wohnte in Passau, und unser Weg zu ihr führte großteils über ebendiese Bundesstraße. Auch wir würden die etwa achtzig Kilometer lange Strecke nun ein klein wenig schneller bewältigen.

Trotzdem würde ich Malching vermissen. Ganz besonders zur Weihnachtszeit.

Als bekennender Weihnachtsfan erfreute ich mich schon in der Vorweihnachtszeit an Lichterketten und glitzernden Dekorationen, die dem grauen deutschen Winter mit seinen langen Nächten etwas von seiner Unwirtlichkeit nahmen. Auch meine Mutter liebte ihr Leben lang die *staade Zeit*, die oft so gar nicht still erschien, sondern durch vielerlei Vorbereitungen meist in Stress ausartete.

Meine Mutter träumte jedes Jahr vom schönsten Weihnachtsfest aller Zeiten, mit dem ebenmäßigsten Baum, dem leckersten Essen, den besten Plätzchen et cetera, et cetera. Und natürlich der perfekten Dekoration. Sie schien ein geistiges Raster im Kopf zu haben, das jedem Kerzenständer, jedem Plätzchenteller, jedem geschmückten Zweig und jeder Krippenfigur auf den Millimeter genau den exakten Platz zuwies. Wenn jemand ein Dekoteil ein winziges Stückchen beiseitegeschoben hatte, um daneben zum Beispiel ein profanes Handy ablegen zu können, merkte sie das sofort.

In den Jahren vor der Malchinger Umfahrung litt meine Mutter leider bereits unter einer schweren körperlichen Behinderung, sodass ich ihr analog zu *Essen auf Rädern* ein *Weihnachten auf Rädern* ins Haus lieferte. Natürlich wollten mein Mann und ich, dass sie ihren geliebten Heiligen Abend so schön wie möglich genießen durfte. Unglücklicherweise war ich alles andere als eine perfekte Hausfrau, sondern eher der Typ, bei dem sich gediegenes Ambiente aus Zeitgründen oft praktischen Erwägungen unterordnen musste. Zudem war ich weder ein Gourmet noch eine begnadete Köchin.

Wegen meiner Unzulänglichkeiten bescherte mir die Verantwortung für *Weihnachten auf Rädern* alljährlich ein flaues Gefühl im Magen, das Anfang Dezember begann und sich in Richtung des Heiligen Abend kontinuierlich steigerte.

Nicht anders lief es in dem Jahr, als die Umfahrung in Malching fertiggestellt worden war.

Natürlich hatte ich einen Ordner «Weihnachten» auf dem Computer angelegt, der die To-do-Listen «Festessen», «Geschenkideen», «Plätzchen», «Einkaufen», und «An Heiligabend mitnehmen» enthielt.

Akribisch arbeitete ich die Punkte ab: Zimtplätzchen und Vanilletaler selber backen und bei der Bäckerei nahe dem Altöttinger Christkindlmarkt rechtzeitig ein paar besonders hübsche Weihnachtskekse dazukaufen. Meine Arbeit ließ mir nicht die Zeit, um zwölf Sorten Plätzchen zu fabrizieren, wie es meine Mutter in ihren besten Zeiten geschafft hatte.

Als Hauptgeschenk fand ich ein Paar kuschelwarme Hausschuhe, dazu gesellten sich ein Set mit Pflegeprodukten und diverse Kleinigkeiten wie ihre Lieblingspralinen. Fürs Essen plante ich Lachs, mit selbst gemachten Kartoffelwedges und Gemüse. Zum Dessert würde es Eis geben, da konnte nicht viel schiefgehen.

Da ich nie genau wusste, was ich im Haushalt meiner Mutter an Lebensmitteln vorfinden würde, packte ich alles ein: Kartoffeln, Gewürze, den tiefgekühlten Fisch, gutes Olivenöl. Die Zuckererbsen wurden bereits am Vormittag entfädelt und in eine Tupperdose gepackt. Aber auch mein Backblech für die Wedges, mein bester Kartoffelschäler, die fast neue beschichtete Pfanne, in der selbst ich kaum etwas anbrennen konnte, eine Packung weihnachtlicher Servietten und sogar eine Küchenrolle landeten in einer riesigen

Plastikbox. Ein paar besondere Säfte mussten ebenfalls mit ins Auto; auf Alkohol verzichtete meine Mutter lieber, aus Sorge, dass er sich nicht mit ihren Tabletten vertrug.

Wie meist klappte, entgegen meinen Befürchtungen, schließlich doch alles ganz gut. Meiner Mutter gefiel es, in der Küche mit mir zu plaudern, während mein Mann sich mit seinem Werkzeugkoffer um defekte Glühbirnen und schwergängige Schrankscharniere kümmerte. Das Haus meiner Mutter hatte etliche Jahrzehnte auf dem Buckel, weshalb es für ihn als erfahrenen Heimwerker bei jedem Besuch etwas zu richten gab.

Ich hingegen war für das Departement Knöpfe annähen, aufgeplatzte Nähte reparieren und Ähnliches zuständig sowie für die Küche. Leider fühlte ich mich dort in der Regel rasch gestresst, was zum Teil daran lag, dass sich der Ofen meiner Mutter sehr von meinem gewohnten Herd unterschied. Meine Multitasking-Fähigkeit reichte außerdem nicht dafür, neben dem Kochen über alles Mögliche zu diskutieren, von Politik bis zu literarischen Neuerscheinungen. Aber natürlich verstand ich, dass meine Mutter sich über die Ansprache freute. Glücklicherweise passierte mir dennoch kein Missgeschick. Lachs, Wedges und Erbsen verhielten sich mustergültig, und als wir endlich am festlich gedeckten Tisch saßen, schmeckte es allen.

Hinterher schoben wir den Rollstuhl meiner Mutter ins Wohnzimmer, wo sie sich die Bescherung gewünscht hatte.

Wir drapierten die Geschenke, schalteten die Lichterkette am fertig dekorierten künstlichen Weihnachtsbaum an und feierten mit Plätzchen, Getränken und Gesprächen fröhlich weiter.

Ein paar Stunden später packte ich die mitgebrachten Haushaltsgegenstände wieder ein: die schmutzige Backform, den Kartoffelschäler, die Pfanne. Sosehr meine Mutter die weihnachtliche Atmosphäre genossen hatte, so erleichtert war ich, dass alles reibungslos funktioniert hatte.

In den letzten Jahren hatte meine innerliche Anspannung allerdings immer erst dann richtig nachgelassen, als wir wieder im Auto saßen, die Plastikbox mit dem schmutzigen Geschirr im Kofferraum.

Und jedes Jahr hatte ich mich besonders auf die Rückfahrt durch das kleine Malching gefreut, das etwa auf der Mitte der Strecke lag. Denn dort, direkt neben der Straße, stand stets ein riesiger, mit zahllosen Lichtern wunderschön geschmückter Weihnachtsbaum. Der Malchinger Christbaum markierte für mich den Übergang von dem ‹Arbeits-Weihnachten› bei der Mutter zum tiefenentspannten Rest-Heiligabend auf der heimischen Couch, wo ich neben unserem keineswegs perfekten Baumarkt-Baum entspannt in neuen Büchern schmökern und nebenbei Süßigkeiten knabbern durfte.

Doch in diesem Jahr … «Mist!», entfuhr es mir.

«Hast du was vergessen?», fragte mein Mann besorgt.

«Nein», konnte ich ihn beruhigen. «Aber mir ist eingefallen, dass die Umfahrung bei Malching fertig ist. Und wir den schönen Christbaum nicht sehen werden.»

Bei der Hinfahrt war es noch hell gewesen, da hatte ohnehin kein Weihnachtsschmuck geleuchtet. Aber nun … Traurig lehnte ich mich auf dem Beifahrersitz zurück und schloss die Augen. Seltsam, dass ich erst jetzt begriff, wie sehr mir der Lichterbaum in Malching ans Herz gewachsen war. Doch die Welt ändert sich ständig, und ich würde halt akzeptieren müssen, dass Malching für mich Geschichte war. Vielleicht sollte ich, anstatt mich zu bemitleiden, an die Bürger des Ortes denken, die ihren Baum dieses Jahr ohne Lkw-Lärm und Abgaswolken genießen durften?

Ziemlich müde, denn es war schon spät, döste ich vor mich hin und achtete nicht auf den Weg. Bis ich endlich die Augen öffnete und in die Dunkelheit hinausspähte. «Sollte nicht langsam der neue Autobahnabschnitt beginnen?»

«Den nehmen wir aber nicht», sagte mein Mann.

Ich warf einen Blick auf das Navi-Display. Tatsächlich! Unser Auto befand sich wieder auf der alten B12, unserer langjährigen Route. Kurze Zeit später rollten wir durch das stille Malching, wo der majestätische Lichterbaum so herrlich erstrahlte wie eh und je. Eine tiefe Zufriedenheit überkam mich. Dank meines Mannes durfte ich auch in diesem Jahr meinem Weihnachtsritual frönen. Die Welt und der Heilige Abend waren wieder so, wie sie sein sollten.

Seit jenem Jahr sind wir in der Weihnachtszeit noch oft durch Malching gefahren, und mit meiner Geschichte möchte ich all jenen danken, die den bewunderten Baum Jahr für Jahr so zuverlässig schmücken!

Der Weihnachtshase

Christl Rolbetzki

Meine Tochter bekam einst eine wunderschöne, handge-
schnitzte Weihnachtskrippe aus dem Erzgebirge von
ihrem Patenonkel geschenkt. Ein wahres Kunstwerk! Maria
und Josef hatten liebevolle Gesichter und betrachteten mit
Dankbarkeit das kleine, neugeborene, in Windeln gewi-
ckelte Jesuskind. Es lag in einer mit Heu gefüllten Krippe,
die ein Bettchen ersetzen musste. Esel, Schafe und weitere Tiere, ebenso wunderschön geschnitzt, bestaunten das
Kindchen. Natürlich waren auch die Heiligen Drei Könige
anwesend, ebenfalls ganz entzückende Figuren. Auf dem
Dach der Krippe befand sich ein großer hölzerner Stern,
der wunderschön funkelte. Und so wurde man richtig in die
Zeit von Christi Geburt versetzt.

Die Krippe durfte somit in der Weihnachtszeit nie fehlen.
Meine Tochter füllte sie dann mit echtem Heu und Stroh,
um die Vergangenheit authentisch darzustellen, und plat-
zierte sie auf einem Tischchen. Ebendieses Tischchen stand
neben dem Sofa; aber dazu später mehr.

Meine Tochter Susanne betrachtete dieses Kunstwerk
Jahr für Jahr und pflegte die Krippe, denn sie wusste genau,

dass dies ein ganz besonderes Stück Handarbeit war. Diese wertvolle, erzgebirgische Schnitzerei bringt den wahren Sinn des Weihnachtsfestes zum Ausdruck, ganz anders als kitschige Kopien aus der Billigproduktion.

Nun besaßen meine Tochter und ihr Ehemann einen wunderbaren Hasen, der auf den Namen Charlie getauft wurde. Er war der liebste, schönste und wunderbarste Hase weit und breit. Charlie hatte ein hellbraunes, karamellfarbenes, sauberes und äußerst gepflegtes Fell, glänzende, zufriedene Augen, ein weißes Schwänzchen, einen weichen weißen Bauch und ganz lange Schlappohren. Er bewegte sich den ganzen Tag frei in der Wohnung, war völlig stubenrein und äußerst pingelig, was die Sauberkeit anging. Er wurde vorbildlich versorgt und betreut und von allen Familienmitgliedern geliebt! So liebevoll umsorgt, war er völlig auf Menschen fixiert und kam angehoppelt, sobald man die Wohnung betrat. Er freute sich ganz besonders, wenn man ihm ein frisches, grünes Sträußchen Petersilie mitbrachte. Belohnt wurde er außerdem mit Streicheleinheiten, dabei grunzte er sogar.

Gerne und mit viel Zuneigung beteiligte Charlie sich auch an den Mittagsschläfchen seines Frauchens und kuschelte sich in voller Hasenlänge an deren Körper. Natürlich merkte er auch, wenn es einem nicht so gut ging, denn dann wurde er besonders anhänglich.

Eines Tages war meine Tochter außer Haus und sehr beunruhigt, als ihr Charlie bei der Rückkehr nicht entgegengehoppelt kam und auch nicht zu sehen war. Plötzlich hörte sie Geräusche, etwas fiel auf den Boden, und es raschelte.

Angeregt vom Duft des Heues und Strohs, war Charlie auf das Sofa und weiter zum Tisch gesprungen. Dort stand ja nun die besagte Krippe. Susanne sah noch, wie der Hase einen Satz machte und in der Krippe landete. Gemütlich machte er sich breit, doch der Platz war nicht geräumig. Somit mussten Jesus, Maria und Josef weg. Jede einzelne Figur wurde auf den Boden gestupst, wie auch all die anderen Tiere, die aber allesamt das Trauma unbehelligt überstanden.

Charlie fraß genüsslich Heu und Stroh und machte einen äußerst zufriedenen Eindruck. Fortan wurde er unser Weihnachtshäschen genannt! Charlie wurde elf Jahre alt, wir vermissen ihn noch heute und werden ihn nie vergessen, besonders in der Weihnachtszeit. Er war einfach wunderbar und einmalig!

Der Schlitten

Gudrun Schmidt

Es schneit, es schneit!!! Endlich mal wieder Schnee! Ich hatte schon befürchtet, Frau Holle wäre in den Ruhestand gegangen oder hätte den Beruf gewechselt, wäre jetzt Gehilfin beim Regenmacher, der nach einer längeren Phase extremer Trockenheit offenbar gerade unmäßig viel zu tun hat.

Stattdessen ist heute Nacht zu meiner Freude doch noch eingetroffen, was ich mir schon seit Jahren zur Weihnachtszeit wünschte: Das trübe Grau ist plötzlich entschwunden. Bäume und Sträucher wirken wie mit Zucker überzogen. In den Gärten sind Beete und Rasenflächen in eine weiße Decke gehüllt. Auch Straßen und Gehwege sind unter Zentimetern von Schnee begraben.

Darüber wird wohl manch Autofahrer nicht so begeistert sein, wie ich es bin, da ich die weiße Pracht durchs Fenster meines warmen Zimmers bewundern darf, das Haus nicht unbedingt verlassen *muss* – ein für mich durchaus nicht zu unterschätzender Vorteil fortgeschrittenen Alters!

Allerdings ist unsere Straße, wie auch der Gehweg entlang unserer Häuserreihe, bereits von fleißigen Händen schneefrei geräumt worden. Doch der sich gegenüber schlängelnde Weg entlang einer Grünanlage ist noch völlig mit Schnee bedeckt – zur Freude einer Gruppe von Kindern, die dort gerade entlanggelaufen kommen.

Was für ein hübsches Bild!

Alle sind in farbenfrohe Schneeanzüge gepackt, vermummt mit Schals und Mützen. Ganz offensichtlich genießen sie die weiße Pracht, bewerfen sich gegenseitig mit Schneebällen, ihre Gesichter strahlen. Eines der Kinder zieht einen Schlitten hinter sich her. Ein anderes versucht, sich aus dem Lauf heraus auf den Schlitten zu setzen, verfehlt ihn aber und landet auf dem Allerwertesten, zum Jubel der anderen Kinder. Sie laufen offensichtlich auf das kleine Wäldchen am Ende der Straße zu. Dort gibt es einige abschüssige Stellen, die sich gut zum Rodeln eignen.

Wie schön, dass der Schnee gerade rechtzeitig zum Wochenende gekommen ist, die Kinder schulfrei haben und sie diese seltenen Winterfreuden ausgiebig genießen können!

Schon ist die Gruppe meinem Blick entschwunden. Doch bei mir hat dieser kurze Erlebnismoment etwas ausgelöst:

Meine Gedanken wandern zurück, um Jahrzehnte, zu einem Dorf inmitten einer Landschaft mit vielen Hügeln, die sich im Winter prächtig zum Schlittenfahren eigneten. Zu einer Zeit, als es zumindest in dieser Gegend noch jedes Jahr viele Tage, ja, Wochen mit Frost und Schnee gab, an denen wir Kinder herrliche Winterfreuden erlebten.

Wir konnten es immer kaum erwarten, bis – womöglich schon im November – der erste Schnee fiel und tatsächlich auch liegen blieb. Mit großem Glück hatten wir dann auch noch weiße Weihnachten.

Wie in vielen Haushalten unseres Ortes gab es auch in unserem stets einen Schlitten, so weit ich zurückdenken kann. Es war ein Zweisitzer, ein klassischer Holzschlitten mit Eisenbändern unter den Kufen, die man Gleitschienen nannte. Vorn befand sich, zwischen den nach oben gebogenen «Hörnern», ein kleiner Steg, in dessen Mitte ein Seil befestigt war, mit dem man den Schlitten bei Bedarf ziehen konnte. Beim Rodeln bergab musste man dieses Zugseil gut festhalten, damit es nicht unter die Kufen geriet und dadurch bremste, was einen Unfall hätte verursachen können.

So sahen eigentlich alle Schlitten unseres Dorfes aus. Sie unterschieden sich nur in der Größe, denn es gab auch Ein- und Dreisitzer.

Sobald es schneite, wurden diese Schlitten aus ihrem «Sommerschlaf» aufgeweckt, den sie, je nachdem, in einem Schuppen, einem Keller oder einem Dachboden verträumt hatten. Doch nun standen sie möglichst griffbereit in der Nähe vom Haus- oder Gartentor.

Auch vor dem Schuleingang parkten in Zeiten mit festem Schneebelag immer einige Schlitten. Zu unserer voll ausgebauten Dorfschule gehörten nämlich noch einige kleinere Dörfer, deren Kinder zu uns in die Schule gingen. Natürlich zu Fuß, denn eine Buslinie zu den Dörfern gab es damals noch nicht. Die Eltern, meist Bauern, besaßen kein Auto, mit dem sie ihre Kinder zur Schule hätten fahren können. Selbst Fahrräder, neben Pferdefuhrwerken die einzigen Verkehrsmittel, waren den Erwachsenen vorbehalten.

Da war es im Winter, wenn das Wetter mitspielte, für

diese «Pendler» eine willkommene Erleichterung, auf hügeligen Wegstrecken mit einem Schlitten schnell ein kurzes Stück hinabzusausen und sich auf ebenen Teilstrecken gegenseitig zu ziehen, um den langen Schulweg auf diese Weise etwas abzukürzen – und noch Spaß dabei zu haben.

Bereits als Vorschulkinder durften wir, wie selbstverständlich, auch ohne die Eltern zum Rodeln gehen. Allein war man dabei kaum, es gab immer ein paar Nachbarskinder, die diesen Spaß mit einem teilten.

Unsere Familie wohnte im letzten Haus des Dorfes, an der Straße zur Kreisstadt. Gleich hinter unserem Haus gab es einen geeigneten Hügel mit verkehrssicherem Auslauf. Unermüdlich stapften wir den hinauf, um dann im Sitzen oder in Bauchlage wieder hinunterzusausen. Weder Baum noch Strauch behinderten unsere Fahrt, sodass die Eltern uns dort in Sicherheit wussten. Nach Hause ging man nur, wenn man fror, trotz der ständigen Bewegung.

Mit acht oder neun Jahren wurde uns der kleine *Hausberg* dann doch zu langweilig, er war nur noch «etwas für Babys». Es zog uns nun zum *richtigen* Rodelgebiet des Dorfes, dem *Saupenberg*, man zählte uns endlich zu den Großen.

In der warmen Jahreszeit interessierte uns dieser Hang am Ende des Dorfes kaum. Auf dem unteren, ebenen Gelände – im Winter der Auslauf der Rodelbahnen – grasten im Sommer die Kühe vom Bauern Fleck, dem dieser ganze Hang gehörte und der erfreulicherweise nichts dagegen hatte, wenn im Winter, bei geeigneten Wetterverhältnissen, sich die Dorfjugend dort tummelte.

Was war das dann immer für ein fröhliches Treiben:

Wir fuhren mal einzeln, mal huckepack (ein Kind liegend auf dem Schlitten, das andere auf dessen Rücken sitzend) oder auch mit mehreren Schlitten zusammengebunden als «Eisenbahn» hinunter – wir waren immer traurig, wenn es dunkel wurde und wir wohl oder übel Richtung Elternhaus ziehen mussten.

Und dann war es eines Tages plötzlich vorbei mit diesem Riesenspaß. Wir lebten nämlich zu der geschilderten Zeit in den letzten Monaten des fürchterlichen Hitlerkrieges, bei dem man jederzeit mit Fliegeralarm rechnen musste. Es waren Zeiten, in denen wir voller Angst in unseren Kellern saßen und auf den erlösenden Ton der Sirenen warteten, die Entwarnung brachten. Zeiten, in denen wir Kinder sahen, wie unsere Mütter (die meisten Väter waren zwangsweise zum Kriegsdienst eingezogen!) vor dem Postboten zitterten, der ihnen womöglich den so gefürchteten Brief bringen könnte mit dem – auf so vielen Ebenen – schrecklichen Satz: «*Gefallen für Führer und Vaterland.*»

Es musste damals noch lange vor Weihnachten gewesen sein, als ich eines Abends wieder vom Rodeln nach Hause kam, durchgefroren, aber glücklich und voller Erlebnisse, die ich schnellstens Mutti erzählen wollte. Doch sie war nicht allein. Der örtliche Gemeindebeauftragte saß mit ihr am Küchentisch, nicht mit gewohnt freundlichem, sondern eher ernstem Gesicht.

Nachdem ich mich aus meiner «Vermummung» herausgeschält, die mit Zeitungspapier passend gemachten Skischuhe meines Vaters, meine Winterschuhe, ausgezogen und mich zu den beiden an den Tisch gesetzt hatte, brach das Unglaubliche über mich herein: Mit leidvollem Gesicht eröffnete mir Herr Müller, dass er leider meinen Schlitten mitnehmen müsse. Das sei eine Anordnung «von oben», die besagte, dass alle Rodelschlitten im Dorf unverzüglich und ohne Ausnahme zu konfiszieren und zum Heer weiterzuleiten seien, um «die tapferen Soldaten an der Front, die es gerade sehr schwer haben, gebührend zu unterstützen».

Ich war total verzweifelt, wollte es aber zunächst nicht glauben. Vielleicht wollte mir Herr Müller nur einen Schreck einjagen? Das war eine klitzekleine Hoffnung!

Schnell lief ich rüber zum Nachbarhaus, um meinem Freund Gerhard diese verrückte Geschichte zu erzählen.

Aber auch dort herrschte Verzweiflung. Mit der gleichen merkwürdigen Erklärung war auch deren Schlitten «eingezogen» worden. Und am nächsten Tag in der Schule stellte sich heraus: Das gesamte Dorf war über Nacht völlig schlittenleer geworden.

Im Nachhinein hatte diese unglaubliche Rodelschlitten-Verzweiflungsaktion absolut nichts bewirkt. Der fürchterliche Vernichtungskrieg war glücklicherweise bald zu Ende, und irgendwann kamen dann die ersten vom Krieg gezeichneten Väter nach Hause! Meiner zwar noch lange nicht, aber der meiner besten Freundin schon im Sommer. Und im Herbst machte er auch bereits seine Werkstatt wieder auf. Er war der Stellmacher des Dorfes.

Bevor er eingezogen worden war, hatten wir uns gern in dieser Werkstatt aufgehalten. Es war warm und gemütlich dort, roch so schön nach frischem Holz. Und wir durften uns Holzreste zum Spielen zusammensuchen. Ein freundlicher Vater! Doch merkten wir bald, dass er sich nach seiner Rückkehr verändert hatte. Wir durften noch nicht mal in die

Nähe seiner Werkstatt kommen. Er war wohl genervt vom Kinderlärm, meinten wir und suchten uns andere Ecken und Möglichkeiten zum Spielen.

Schließlich kam ein neuer Winter. Es schneite. Und wir Kinder waren traurig, denn wir vermissten unsere Schlitten. Es hatte ja nicht einmal geholfen, dass wir sie hergeben mussten.

Deutschland hatte den Krieg trotzdem verloren – und wir waren glücklich, dass er vorbei war. Nur unsere Schlitten, die waren auch weg. Recht sinnlos, wie wir fanden.

Weihnachten kam. Sehr groß war die Vorfreude eigentlich nicht. Sicher, wir übten wieder für unser Krippenspiel in der Kirche. Mutter hatte Plätzchen und Stollen gebacken. Auch einen Weihnachtsbaum hatte sie organisiert, den hatte ich schon entdeckt, obwohl sie ihn («noch nicht geputzt!») im Schuppen versteckt hatte.

Heiligabend waren wir nicht ganz allein, Mutti, meine Schwester Susanne und ich. Zwei Tanten von uns, deren Männer auch noch in Gefangenschaft waren, besuchten uns. Und zu meiner Überraschung kamen auch, kurz vor der Bescherung, unser Hauswirt und seine Frau aus ihrer Wohnung im Obergeschoss herunter. «Wir möchten doch sehen, was du zu Weihnachten bekommst», meinten sie.

Komisch! Das hatte sie in den anderen Jahren doch auch nicht so sehr interessiert. Und was sollte ich in diesem kargen Jahr schon Besonderes bekommen? Es war schon schön, dass ausnahmsweise das Wohnzimmer geheizt wurde – sonst lebten wir in der Wohnküche, da mit Heizmaterial sorgsam umgegangen werden musste.

Auf den geschmückten Baum freute ich mich jedenfalls.

Das war auch das Erste, was ich sah, als Mutti feierlich die Tür zum Wohnzimmer öffnete. Und dann plötzlich traute ich meinen Augen kaum: Unter dem Baum stand doch tatsächlich *mein* Schlitten! Aber irgendwie verändert, viel heller – als wäre er nagelneu. Konnte er etwa *wiedergeboren* worden sein?

Nun, das Rätsel wurde schnell gelöst! Die Erwachsenen, die um mich herumstanden und sich an meiner Freude ergötzten, klärten mich auf: Mariechens Vater, der Stellmacher, hatte ihn gebaut! Und nicht nur diesen! Viele meiner Kameraden, so erfuhr ich am nächsten Morgen von meinen Spielgefährten, hatten ebenfalls einen solchen Schlitten erhalten.

Das war der wirkliche Grund, warum uns Mariechens Vater nicht in der Nähe seiner Werkstatt hatte haben wollen. Nicht einmal seine Tochter hatte davon gewusst. Die Eltern als heimliche «Auftraggeber» hatten natürlich ebenfalls dichtgehalten.

War das eine Freude, und schön, dass es dazu auch noch das passende Wetter gab. Wir waren in diesem Winter sicher die glücklichsten Kinder der Welt! «Auf zum Saupenberg» hieß die Parole, und zwar immer gleich nach der Schule!

Mütter und Lehrer waren es dann wohl, die froh waren, als der Schnee endlich taute und die Kinder wieder zur Normalität – und zu ihren Hausaufgaben – zurückkehrten.

Ein lautes Klingeln an der Haustür bringt mich zurück in die Gegenwart. Draußen steht Hilke mit ihrer kleinen Tochter Anna und deren Freundin. Die Mädchen wirken recht aufgeregt.

Schon sprudelt Anna los: «Hallo, Gudrun, Mama sagt, ihr

habt vielleicht von euren Kindern noch einen Rodelschlitten. Ob ich mir den wohl einmal ausleihen dürfte, um mit
meiner Freundin rodeln zu gehen?» Erwartungsvoll blinzelt
sie zu mir hoch.

«Schauen wir mal, ob wir den finden.» Ganz hinten im
Schuppen, versteckt hinter mehreren Fahrrädern, steht er
tatsächlich noch, seit Jahren unbenutzt (unsere Kinder sind
inzwischen erwachsen und längst aus dem Haus!). «Der
wird sich aber freuen, dass er wieder in den Schnee kommt!»

Die kleine Anna lacht. Und nachdem wir das Gefährt von
Staub und Spinnweben befreit haben, zieht sie glücklich mit
ihrer Freundin in Richtung Wäldchen davon, von woher ich
ihr fröhliches Lachen und Jubeln fast noch hören kann.

Kriegsweihnacht

Gerda Münzenberg

Als ich im vergangenen Jahr in der Vorweihnachtszeit mit meinen beiden Enkelinnen Jana und Lisa Lebkuchenhäuser baute, fragte Lisa plötzlich: «Oma, hast du als Kind auch mal ein Lebkuchenhaus gebaut?»

«Nein», antwortete ich, «damals war Krieg, da hatten wir gar nicht all die Zutaten, die man für ein Lebkuchenhaus braucht.»

«Erzähl uns doch, wie das war an Weihnachten, als du ein Kind warst», sagte Jana daraufhin.

Und so erzählte ich ihnen, dass die Menschen damals andere Sorgen hatten, als sich große Geschenke zu machen, dass sie froh waren, wenn sie genug Heizmaterial bekamen, um an Weihnachten die gute Stube heizen zu können, und dass die Lebensmittel, die man für die begrenzten Essensmarken bekam, zur Not gerade dazu reichten, um täglich irgendetwas Sättigendes auf den Tisch zu bringen, aber nicht, um Lebkuchenhäuser, Stollen oder dergleichen zu backen. Da musste man schon Verwandte auf dem Land haben oder hamstern gehen, und das hieß, Dinge, die man selber besaß und die einem entbehrlich erschienen, den Bauern als Tauschobjekte für Eier, Schmalz oder Mehl anzubieten.

Meine Schwester hatte damals eine Puppenküche und ich eine Puppenstube, und jede von uns hatte eine Puppe. Jedes Jahr am ersten Advent verschwanden unsere Puppen auf geheimnisvolle Weise. Das Christkind habe sie in den Himmel geholt, sagte dann immer meine Mutter, da würden sie lebendig und erzählten den Engeln, ob wir Kinder auf Erden gut mit ihnen umgegangen seien oder ob wir sie unbeachtet in eine Ecke geworfen und nicht mit ihnen gespielt hätten. Wenn die Puppen Gutes zu berichten hatten, dann nähten die Engel ihnen neue Kleider, und mit diesen angetan erschienen sie an Heiligabend wieder unter dem Weihnachtsbaum, wo sie von uns natürlich freudig begrüßt wurden.

Während der ganzen Adventszeit malten wir uns immer wieder aus, was unsere Puppen im Himmel wohl gerade taten, ob sie im Paradiesgarten spazieren gingen oder auf goldenen Tellerchen himmlische Speisen serviert bekämen und ob sie im Engelschor mitsingen dürften.

Auch die Puppenstube und die Puppenküche, die das Jahr über verpackt auf dem Dachboden lagerten, bekamen wir jedes Jahr an Weihnachten wieder, manchmal mit neuen Tapeten oder Vorhängen versehen oder um ein neues Lämpchen, ein kleines Puppenservice, ein winziges Blumentöpfchen oder ein neues kleines Puppenbettchen fürs Baby ergänzt.

Geschenke bekamen wir darüber hinaus keine, das erwarteten wir auch überhaupt nicht. Unser Glück war vollkommen, wenn unsere geliebten Puppen wieder da waren und die Puppenstube und -küche in neuem Glanz erstrahlten, wenn wir einen Weihnachtsbaum mit Glaskugeln und Lametta und Kerzen dran hatten und einen Teller mit Plätzchen.

Aber dann kam das Weihnachtsfest, an dem unsere Puppen nicht zurückkamen und auch unsere Puppenstube und unsere Puppenküche nicht. Denn Jahr für Jahr hatte meine Mutter unsere kostbaren Schätze in der Adventszeit zu meiner Tante gebracht, die konnte Puppenkleider besser nähen als sie selbst. In der Woche vor Weihnachten war das Haus, in dem meine Tante wohnte, während eines Fliegerangriffs von Brandbomben getroffen worden und vollständig ausgebrannt, und so wurden auch unsere Puppen und Puppenstuben ein Opfer der Flammen.

Für meine Mutter war es natürlich sehr schwierig, uns das zu erklären. Als der Heilige Abend anbrach, den auch meine Großmutter und meine obdachlos gewordene Tante mit uns feierten, nahm sie uns beide in den Arm und sagte: «Den kleinen Kindern erzählt man ja gern, dass das Christkind und die Engel sich um die weihnachtlichen Gaben kümmern, aber ihr seid ja nun schon große Mädchen, und so will ich euch erzählen, wie es wirklich ist.»

Und so erzählte sie uns, dass es die Tante gewesen sei, die für uns die neuen Puppenkleider geschneidert und die Puppenstube immer wieder hergerichtet habe. Wie wir ja bereits wüssten, war während des letzten Fliegerangriffs alles verbrannt, was in Tantes Wohnung war, und darunter waren auch unsere Sachen gewesen. Da flossen natürlich heiße Tränen, als wir begriffen, dass unsere Puppen nicht wiederkämen und wir auch unsere Puppenstube und -küche nicht mehr bekommen würden – nie mehr!

Meine Mutter weinte zuerst ein bisschen mit uns, aber dann machte sie uns bewusst, dass wir ja froh sein müssten, überhaupt noch ein Dach über dem Kopf und etwas Warmes zu essen und sogar einen Christbaum zu haben. Sie erzählte uns die Geschichte von der Geburt des Jesuskindes, das in eine Krippe gelegt werden musste, weil seine Eltern keinen anderen Raum gefunden hatten. Und sie führte uns vor Augen, wie Maria und Josef mit dem kleinen Kind auf einem Esel nach Ägypten fliehen mussten, weil der König Herodes dem Kind nach dem Leben trachtete.

Natürlich kannten wir die Geschichte schon, aber an diesem Abend hörte sie sich für uns doch wieder ganz neu an. Wir sangen dann noch Weihnachtslieder und aßen Plätzchen und tranken Tee, und meine Mutter und meine Tante träumten mit uns davon, wie es sein würde, wenn der Krieg vorbei wäre. Dass man abends spazieren gehen könnte, weil die Straßenlaternen wieder brennen würden und die Fenster nicht mehr verdunkelt werden müssten, dass es hell erleuchtete Schaufenster voller Dinge gäbe und niemand mehr hungern oder frieren müsste und keine Bomben mehr auf die Häuser fallen würden. Meine Mutter schwärmte uns vor, was sie dann alles für uns kochen würde, und meine Tante versprach uns, dass jede von uns eine wunderschöne neue Puppe bekäme. Und so wurde es doch noch ein schönes Fest.

Jana und Lisa haben während meiner Erzählung ganz vergessen, ihre Lebkuchenhäuser weiter zu dekorieren, so ergriffen haben sie gelauscht. Und Lisa hatte Tränen in den Augen, als sie mit einem tiefen Seufzer schließlich sagte: «Gell, Oma, Krieg is blöd!»

«Sei ein Engel»

Ingrid Bayer

Schon seit vielen Jahren engagiere ich mich im Bündnis *Familienfreundliches Hadamar* für Familien in meiner Stadt. Wie in jedem Jahr begannen auch 2020 im November die Vorbereitungen zu der Geschenkaktion «Sei ein Engel». Denn auch in Hadamar leben Familien, in denen die Weihnachtswünsche der Kinder unerfüllt bleiben. Dabei sollte Weihnachten doch für alle Kinder und ihre Familien ein Fest der Freude sein.

In den Kindergärten, Schulen und Kirchengemeinden sprachen die Erzieherinnen, Lehrer und Pfarrer die Familien an. Die Kinder malten, schnitten aus, klebten oder schrieben ihre Herzenswünsche auf Wunschzettel und gaben sie in den Einrichtungen ab.

Viele Bewohner in der Stadt unterstützten die Aktion des Bündnisses mit einer Geldspende. Andere übernahmen eine Geschenkpatenschaft und damit die Verantwortung für den Einkauf und das liebevolle Verpacken der Geschenke.

In diesem Jahr war früh klar, dass aufgrund der Coronapandemie die traditionelle Weihnachtsfeier mit Bescherung ausfallen musste. Aber wie sollten die Geschenke nun zu den jungen Empfängern gelangen?

Zunächst einmal wurden sie gesammelt und in einem Büroraum der Stadtverwaltung aufbewahrt. Die Mitarbeiter in den Kindergärten, Schulen und Kirchengemeinden informierten die Familien, dass die Präsente dort abgeholt werden konnten. Buchstaben und Zahlen auf den Päckchen sicherten die vom Datenschutz gebotene Anonymität. Nur wenige Menschen kannten den Schlüssel zum Code und hatten damit den Zugriff auf die Adressen. Eine Sozialarbeiterin der Stadt wurde eingeweiht. Sie koordinierte und betreute die Abholung der Pakete. Jede Familie erhielt als Überraschung noch eine Tüte mit süßem Inhalt.

Die Zeit verging, und am 23. Dezember warteten immer noch einige Päckchen auf ihre Abholer. Um 17:12 Uhr ging ein verzweifelter Notruf aus der Stadtverwaltung per Mail ein: *Hier sind noch ein paar Päckchen von der Engelsaktion. Ich muss um 18:00 Uhr nach Hause fahren, habe aber keine Telefonnummern, sondern nur eine Liste mit Adressen. Das eine oder andere Geschenk kann ich mitnehmen, aber alle kann ich den Familien nicht mehr bringen.*

Um 17:50 Uhr las ich die Nachricht. Per Direktnachricht bot ich meine Unterstützung an. Keine Reaktion. Um kurz vor sechs griff ich zum Telefon. Ich wollte auf jeden Fall verhindern, dass die Geschenke über die Feiertage liegen blieben. Endlich erreichte ich mein Gegenüber.

Kurz danach verabschiedete ich mich von meinem Mann und fuhr mit dem Auto zum vereinbarten Treffpunkt. Dort gingen wir die Listen durch, um die Geschenke den Adressen der Familien zuzuordnen. Schnell waren die Päckchen samt Schnuckeltüten im Kofferraum verstaut. Wir wünschten einander frohe Weihnachten und winkten uns zu, ehe sich unsere Wege trennten.

Meine erste Station war Niederweyer, ein kleiner Ortsteil mit nur zweihundert Einwohnern. Hier war ich noch nie, höchstens einmal durchgefahren. In der Dunkelheit fiel mir die Orientierung schwerer, als ich dachte. Kein Mensch war unterwegs, den ich nach dem Weg hätte fragen können. Nachdem ich dreimal im Kreis gefahren war, fand ich die gesuchte Straße und endlich auch die richtige Hausnummer.

Beschwingt stieg ich aus, sortierte meine Päckchen und klingelte. Durch das hell erleuchtete Wohnzimmerfenster entdeckte ich den geschmückten Tannenbaum. Ich wartete und klingelte noch einmal. Schade, keiner da.

Ich erinnerte mich an die Worte meines Bedenkenträgers zu Hause: «Du weißt, dass um 21:00 Uhr im Landkreis Limburg-Weilburg die Ausgangssperre beginnt.»

Enttäuscht stellte ich meinen Zustelldienst ein und dachte: «Heiligabend ist auch noch ein Tag.»

Am 24. Dezember um 10:00 Uhr begann ich dort, wo ich am Abend zuvor aufgegeben hatte. Dieses Mal hatte ich mehr Glück. Die Mutter der zu beschenkenden Kinder öffnete. Verwundert schaute sie mich und dann die Geschenke an. Erst nach einigen mühsamen Erklärungsversuchen durch die Atemschutzmaske verstand sie die Zusammenhänge. Strahlend bat sie mich ins Haus. Ich entschuldigte mich, dass ich ihr Angebot wegen der Schutzbestimmungen nicht annehmen könne, und verabschiedete mich mit Segenswünschen zum Fest. Auf der Straße hörte ich Sekunden

später durch die geschlossenen Fenster lautes Stimmengewirr und jubelnde Kinder.

Wunderbar, Mission erfüllt!

Meine Fahrt führte mich dann in den etwas größeren
Ortsteil Oberweyer. Ich begegnete vielen freundlichen
Menschen. Ihre Reaktionen waren unterschiedlich emotional. Manche wirkten eher nüchtern, andere wiederum zeigten sich sichtlich gerührt. Aber überall spürte ich Dankbarkeit und Freude.

Bei meiner letzten Station im Ortsteil Oberzeuzheim waren zwei Geschwister zu beschenken. Die Straße hatte ich
schnell gefunden, nicht jedoch die Hausnummer. Die Num-
merierung der Häuserreihe erschien mir unlogisch. Eine
Anwohnerin gab mir den entscheidenden Tipp und wies
mir den Weg.

Ganz versteckt entdeckte ich am Haus den gesuchten
Namen. Ich war sehr froh, meine Aktion am Vorabend im
wahrsten Sinne des Wortes vertagt zu haben, denn ich fühlte mich ganz warm und weihnachtlich.

Auf mein Klingeln öffneten sich gleichzeitig zwei ne-
beneinanderliegende Türen. Ebenso gleichzeitig erschienen zwei ältere Herren, die sich sichtlich über die Weihnachtsaktion freuten. Der eine war sechsundneunzig Jahre
alt, so verkündete er stolz, der andere nicht viel jünger. Dieser wiederum rühmte sich, schon fünfundzwanzig Jahre
lang Oberzeuzheimer Bürger zu sein, und nannte seinen
Wohnungsnachbarn Opa.

Ich vermutete ein Verwandtschaftsverhältnis zwischen
den beiden, oder aber zumindest der Junge und das Mädchen könnten die Enkel des «Opas» sein. Doch weder das

eine noch das andere traf zu. In den vielen Jahren unter einem Dach war wohl eine harmonische Hausgemeinschaft gewachsen, in der alle Opa sagen durften.

Sie erklärten mir wortreich, dass die Familie vor ein paar Minuten weggefahren sei, vermutlich um letzte Einkäufe in der Stadt zu erledigen. Spontan boten sie an, die beiden Geschenke zu übernehmen und später weiterzugeben. Sie überlegten und berieten, wer wohl eher die Eltern mit ihren Kindern bei ihrer Rückkehr sehen und sie mit den Päckchen überraschen könnte. Eine Einigung schien schwierig.

Deshalb schlug ich vor, dass jeder ein Geschenk aufbewahren könnte. Sie waren sofort einverstanden und lobten die gute Idee. So waren beide verantwortlich, und sie versprachen einander, gut und aufmerksam zu schauen, um die Heimkehrer ja nicht zu verpassen. Ich war überzeugt, dass sie ihren Auftrag gewissenhaft ausführen würden. Dann verabschiedete ich mich, bedankte mich und wünschte ihnen ein frohes Fest.

Beim Weggehen versicherten sie mir, dass ich ihnen vertrauen könne. Ich drehte mich noch einmal zu den beiden um mit den Worten: «Das weiß ich», und fügte noch hinzu: «Da ist was zum Spielen drin.»

Opa lächelte verschmitzt und meinte: «Das ist ja grad das Schöne.»

Auf dem Heimweg stellte ich mir vor: Die beiden älteren Herrschaften sitzen am Fenster, warten geduldig oder ungeduldig auf die Familie und überbringen gemeinsam als Wuncherfüller die «Engelsbotschaft» aus Hadamar.

Wie es genau ablief, bleibt ein Geheimnis.

Mir wurde bei diesen Gedanken ganz warm ums Herz.

Nicht nur den Kindern hatte ich Weihnachtsfreude geschenkt, sondern unbeabsichtigt und generationsübergreifend auch zwei weiteren Menschen.

Und welche Rolle spielte ich in dem großen Ganzen?

Ich erlebte eine zusätzliche Dimension unserer Zusammenarbeit im Bündnis hautnah mit, fühlte mich getragen von der Wärme und liebevollen Zuneigung in unserer Gemeinschaft und werbe auch künftig jedes Jahr wieder für unsere Weihnachtsaktion «Sei ein Engel»!

Stromausfall

Karin Lippelt

Wir tranken gerade unseren Nachmittagskaffee. Das erste Adventslicht stand auf dem Tisch, während der Sturm ums Haus heulte und den Pulverschnee vor sich hertrieb, sodass er gegen die Fensterscheiben peitschte, als meine Mutter plötzlich sagte: «So wie jetzt begann es auch damals.»

Dann erzählte sie uns die ganze Geschichte von einem schon Jahrzehnte zurückliegenden Heiligabend:

«Die ganze Adventszeit hatten wir gehofft, dass die milden Temperaturen und der ständige Regen endlich aufhörten. Kein Weihnachtsmarktbesuch, keine Besorgung war ohne Regenschirm möglich. Alle Menschen waren mürrisch und schlecht gelaunt. Ich hatte gar keine Lust, mich auf die Festtage zu konzentrieren. Wir hatten Tante Else und Onkel Hugo eingeladen, mit uns Weihnachten zu feiern, also war es an mir, ein heimeliges Fest zu gestalten.

Wider Erwarten kam bei mir dann doch ein wenig Festtagsstimmung auf, als ich den Weihnachtsbaum schmückte. Aus der Küche kam der verlockende Duft des Gänsebratens. Papa kümmerte sich um die Öfen, damit auch alle Räume kuschelig warm sein würden, wenn der Besuch eintraf. Mindestens drei Mal ging Papa die zwei Geschosse runter in den Keller, um Kohlen und Briketts zu holen.

Wir saßen gerade am Küchentisch bei einer kleinen Verschnaufpause mit einer Tasse Tee in der Hand, als der Regen sich mit Schnee vermischte. Im selben Augenblick klingelte das Telefon im Flur.

Tante Else meldete sich völlig durcheinander von einer Raststätte. Hastig teilte sie mir mit, dass sie umkehren müssten, weil sich auf der Autobahn ein schwerer Unfall ereignet habe und sie vor dem kilometerlangen Stau nur noch eine Ausfahrtsmöglichkeit hätten. Von zu Hause wollte Tante Else dann noch mal anrufen und genauer berichten.

Unser Weihnachtsessen war fast fertig, also mussten wir unseren Gänsebraten allein mit euch Kindern in der molligen Wohnküche genießen, bevor wir uns für den Kirchgang bereit machten.

Komisch, unsere kleine Kirche war halb leer, das gab es am Heiligen Abend sonst nie. Was war da los?

Wir saßen vielleicht zehn Minuten in der Kirchenbank, die Orgel spielte gerade *O du fröhliche,* als die Lampen im Kirchenschiff ausgingen, sodass nur die Wachskerzen am hohen Weihnachtsbaum die Kirche schwach erleuchteten.

Einen kurzen Moment dachten wir natürlich, der Pastor hätte sich das so ausgedacht, damit eine feierliche Stimmung aufkommen sollte, bis die Orgel ebenfalls mit einem langen Quietschton verstummte. Dann aber meinte unser Pastor, dass es sich vielleicht um einen Stromausfall handeln könnte. Schnell überprüfte der Kirchendiener den Sicherungskasten. Alles o. k., meldete er, der FI sei oben. Daraufhin musste unser Pastor mit seiner Predigt ein bisschen improvisieren, weil er sein Manuskript nicht lesen konnte.

Nach dem Gottesdienst war es immer noch stockdunkel. Inzwischen waren das Schneetreiben und der Sturm so stark, dass sich vor der Kirchentür ein halber Meter Schnee auftürmte. Auch der Mond war nicht zu sehen, nur der Schnee strahlte ein bisschen Helligkeit ab. Es blieb uns nichts weiter übrig, als in der Kirche zu verweilen.

Nach einigen langen Minuten kam der Pastor auf eine grandiose Idee. Er kämpfte sich zusammen mit zwei Konfirmanden über den überdachten Verbindungsgang gegen den Sturm hinüber zum Pastorenhaus. Sie holten den Grill aus dem Verlies, auf dem schon bei so vielen sommerlichen Veranstaltungen Unmengen von Würsten gebraten worden waren, dazu einen großen Topf, Schöpfkelle, Becher, Holzkohle und einige Flaschen Punsch, die vom Martinsumzug übrig geblieben waren, um sie zu erwärmen. Mein Nachbar Egon flüsterte mir leise zu, dass es ja wie am Mount Everest sei.

Leider wurde der Punsch nur lauwarm, er schmeckte uns trotzdem und tat dem Zusammengehörigkeitsgefühl keinen Abbruch. Wir saßen lange zusammen in den Kirchenbänken, sangen Weihnachtslieder und erzählten. Die Kerzen waren schon einmal abgebrannt, nur einige konnten wir noch durch neue ersetzen.

Erst am späteren Abend, nachdem der Schneepflug die Straßen geräumt hatte, machten wir uns auf den Weg durch die dunklen Straßen nach Haus. Es war wirklich eine stille heilige Nacht. Am nächsten Morgen war der Strom wieder da.»

Meine Mutter lehnte sich jetzt zurück, als sie sagte: «Das war ein ganz besonderer Heiligabend, den ich mein ganzes Leben nicht vergessen werde. Kannst du dich noch daran erinnern?», fragte sie mich.

Ich wusste es nicht mehr. Damals war ich erst vier Jahre alt gewesen.

Da lief wohl was schief …

Hermann J. Schuhen

Ausatmen, zwei Schritte einatmen, einen Schritt ausatmen, zwei Schri…! I wer's scho heit noch schaffen – puhhhh!!! Ist ja auch nimmer sooo weit!»

Schwer schleppte sich Ludwig in den steif gefrorenen Stiefeln durch die zwanzig Zentimeter Neuschnee. Vornübergebeugt stapfte er in ihnen schon seit über einer Stunde bergauf.

Den tief verschneiten Weg zum Brandnerhof konnte er nur noch erahnen. Und wäre da nicht das warme, einladende Licht gewesen, das aus der Wohnstube schien, er hätte wohl den Hof der Bauernfamilie Hartriegel gar nicht erst gefunden.

Eine halbe Stunde Aufstieg noch, so rechnete Ludwig, dann müsste er ankommen. Stoisch und gleichmäßig war sein Schritt, und schwer drückte der prall gefüllte Leinensack auf seine eh schon malträtierte Schulter.

«Ausatmen, zwei Schritte einatmen, einen Schritt …!» Der Atemrhythmus passte. Wenn es nur nicht so elendig steil wäre! Er blieb stehen, um zu verschnaufen. Schwer ging sein Atem in der eisigen Nacht.

Aber er war ja selbst schuld an dem beschwerlichen Aufstieg. Er hätte vorgestern nur Nein sagen müssen. Nachdem ihm der Brandnerhof-Bauer jedoch im Goldenen Hirschen die zweite Maß Bier spendiert hatte, war es ihm herausgerutscht: «Ja, is ja scho guat, i mach dir den Nikolaus für deine Kinder!»

«Aber du musst schon zu Fuß kommen, nicht mit deinem Mitsubishi-Vierradantrieb bis an meinen Hof hinfahren, des geht nicht, die Kinder sollen dich ganz authentisch erleben, als braven Nikolaus, der ihnen bei Wind und Wetter schöne Gaben bringt», hatte der Brandnerhof-Bauer gemahnt.

Tja, jetzt musste Ludwig da irgendwie durch. Noch immer außer Atem, stützte er sich auf seinen goldenen Bischofsstab und schaute runter ins Tal.

Über Weilerhofen lag dicker Nebel, der von den Straßenlaternen gelb gefärbt aussah. Der ganze Ort war verschwunden, nur die Kirchturmspitze lugte noch aus dem Dunst heraus.

Gerade wollte er wieder losstapfen, da zersplitterte der Bischofsstab unter seinem Gewicht in zwei fast gleich lange Stücke.

Da Ludwig nun die Stütze fehlte, verlor er das Gleichgewicht und drohte zu stürzen. Mit einer Hand fand er Halt an der Böschung, doch der volle Nikolaussack rutschte ihm von der Schulter und flog in den Schnee, drehte sich und rollte den Abhang hinunter, nicht weit, aber doch so weit, dass den heiligen Nikolaus ein Wutanfall überkam, er sich die goldene Bischofsmütze vom Kopf riss und ein ziemlich lautes «Zefixhalleluja» in die stockdunkle Nacht schrie.

Vorsichtig tastete er sich zu dem Sack, suchte seine Bischofsmütze und rappelte sich ächzend wieder auf.

Es hätte jetzt so gemütlich sein können, daheim in der warmen Stube, mit Glühwein und den ersten Weihnachtskeksen, die seine Frau am Nachmittag gebacken hatte.

«Ja könnte, aber ich Trottel muss ja den Nikolaus mimen für die krautigen Kinder vom Hartriegel!»

Er warf den schweren Sack wieder auf seine Schulter und stülpte sich die Mütze über. Leider hatte die sich halb mit Schnee gefüllt.

Ein noch zornigeres «Zefixhalleluja» sprang aus seinem weißen Rauschebart, er schüttelte die Mütze, dann nahm er seinen beschwerlichen Weg wieder in Angriff.

Aber schon nach zwei Minuten lief ihm der geschmolzene Restschnee aus der Mütze über die Stirn und in den Nacken. Kurz musste er sich schütteln. Er holte ganz tief Luft und …

Einen dritten Fluch ersparte er sich gerade noch. «Selber schuld!», versuchte er sich zu trösten.

Gott sei Dank, jetzt waren es nur noch wenige Minuten, dann war er am Brandnerhof.

Wie zufrieden das Bauernhaus mit seinen lichtdurchfluteten Fenstern ausschaute, über dem Dach eine weiße Rauchsäule, die nur dem warmen Kamin in der Stube entkommen sein konnte.

Schwer gebeugt und halb erfroren stellte Ludwig seinen Sack an die Hauswand, schnaufte einige Male kräftig durch und klopfte an die schwere Haustüre.

Kurz darauf wurde es hell im Flur, und der Hartriegelbauer öffnete.

«Do bist du ja endlich, die Kinder warten schon ganz aufgeregt auf dich. Wo warst denn? Du schaust ja ziemlich verfroren aus, schau, ich habe dir einen doppelten Obstler eingeschenkt!»

Mit zittrigen, eisigen Fingern griff er nach dem Stamperl, leerte es in einem Zug und streckte den Arm aus, damit der Bauer nachschenken konnte. Das wiederholte sich noch viermal.

Mit obstlerschwerer Zunge lallte Ludwig: «Ka, kahhn ich noch eijjn Schnaps haben?»

Der Brandnerhof-Bauer wehrte ab: «Ich denke, du hast jetzt genug!»

«Ach bitte nur noch oanen, meine rechte Hand ist noch nicht recht warm!»

«Nein», raunzte der Bauer schon ganz genervt, drehte sich um in Richtung Flur und rief: «Kinder, kommt schnell, der Nikolaus ist da!»

«Wer soll da sein?», rief eine heranstürmende Kinderstimme. «Ich denk, der Weihnachtsmann kommt heute Abend.»

Jetzt war er da. Der fünfjährige Bauernsohn inspizierte den Nikolaus und plärrte los: «Der hat ja gar nicht ‹Ho, ho, ho› gerufen, und eine rote Bommelmütze hat der auch nicht auf!»

Dann stand, wie aus dem Nichts gekommen, neben dem Bauern seine vierjährige Tochter, hielt sich an Vaters Hosennaht fest und fragte mit kesser Schnodderstimme: «Papa, ist das der Weihnachtsmann? Wo ist denn sein goldener Schlitten mit den schönen Rentieren? Hat der die hinterm Kuhstall geparkt, oder wie?»

Grad wollte der Vater etwas Erklärendes sagen, da platzte dem Nikolaus der Mantelkragen, und er fluchte los: «Nix ho,ho, ho, ihr Saubaggasche, nix ists mit Bommelmütze und schon gar nichts mit dem depperten Rentierschlitten, was glaubt ihr wohl, wer ich bin, ha?»

Der Nikolaus schrie sich regelrecht in Rage: «Der Weihnachtsmann soll ich sein, hahaha, dass ich nicht lache, der Weihnachtsmann, der depperte Schmarrn aus Amerika! Ja, wer bin ich denn, ha? Ich quäle mich seit zwei Stunden hoch zu euch, damit der heilige Nikolaus euch beschenken kann, und dann fragt ihr nach dem depperten Weihnachtsmann?»

Der heilige Nikolaus holte wutentbrannt den oberen Teil seines gebrochenen Bischofsstabs hervor und drohte hocherhoben den beiden Kindern. «Saubaggasch, nixige», rutschte es ihm nochmals aus seinem festlichen, weißen Bart.

Da sprang der Vater Hartriegel auf den Nikolaus zu und schlug ihm mit der Faust mitten ins Gesicht: «Du nennst meine Kinder nicht Saubaggasche, des sog i dir, du narrischer Nikolaus, du ausgschamter!»

Ludwig flog rückwärts auf den Sack mit den Geschenken, knallte aber mit dem Kopf an die Hauswand und lallte ein kaum hörbares «Halleluja».

Der Pfeife rauchende Altbauer, der das Ganze aus dem Flur heraus beobachtet hatte, tanzte wacklig auf seinen spindeldürren Beinen, klatschte in die Hände und rief verschmitzt: «Heit is aber zünftig!»

Und zum Hohn der heiklen Lage klang aus dem Radio: «Fröh-höh-liche Weihnacht überall!»

Langsam erhob sich Ludwig aus dem Häusereck, hielt

sich seinen stark schmerzenden Kopf, stieß noch einen Fluch in Richtung der Hartriegels aus und schlich sich schwankend in Richtung Tal.

Was er nicht mehr sah, war der wieselflinke Sprung der zwei Bauernkinder in die Richtung vom Nikolaus-Sack, der sichtlich mitgenommen unter der Gartenbank lag.

Schon flogen bunte Bänder und zerfetztes Geschenkpapier durch die hofbeleuchtete Winternacht. Es interessierte sie nicht im Geringsten, ob nun der Weihnachtsmann oder der Nikolaus die Geschenke gebracht hatte.

«An Nikolaus», murmelte Ludwig kurz vor seinem gemütlichen Heim zu sich selbst, «an Nikolaus werd i in meinem Leben garnie nicht mehr spielen!»

Aber sie gingen nicht aus

Albrecht Gralle

Ein kalter, feuchter Abend im Dezember. Durch das Gedränge am Göttinger Weihnachtsmarkt zwängte sich eine kleine Gruppe von Frauen, Männern und Kindern und bog in die Prinzenstraße ein.

Zwischen den Buden auf dem Rathausplatz dampfte es, und es roch nach Glühwein, Bratwürsten und Zuckerwatte. Ein Bettler, der sich in eine Häuserecke verkrochen hatte, zählte sein bisschen Geld, steckte es schnell weg und stellte den leeren Karton wieder auf den Gehweg.

Irgendwo wurde das Brüllen eines Kindes von einer entnervten weiblichen Stimme übertönt. Einkaufstüten raschelten, Stiefel pochten über das Kopfsteinpflaster.

Die kleine Gruppe, die gerade durch die Altstadt ging, wäre normalerweise nicht weiter aufgefallen, wenn nicht eine der Frauen in der rechten Hand einen silbernen Kerzenleuchter gehalten und ihn vor sich hergetragen hätte wie einen Siegespokal.

«Wir kommen womöglich noch zu spät», sagte sie und legte einen Schritt zu.

«Ach was, Anna, ohne dich fangen sie sowieso nicht an»,

meinte ein älterer Mann, der mühsam versuchte, mit dem rascheren Tempo mitzukommen, und etwas von Hektik murmelte.

Der silberne Leuchter blitzte kurz auf, als er unter einer Straßenlaterne vorbeigetragen wurde.

Nach einigen Minuten erreichte die Gruppe den Platz, wo das metallene Mahnmal stand, zur Erinnerung an die zerstörte Synagoge. Direkt davor zeichnete sich gegen den dunklen Himmel die Silhouette eines zwei Meter großen Aluminiumleuchters ab, der aussah wie der große Bruder des kleinen.

Es war der sechste Tag des Chanukkafestes, das die jüdische Gemeinde an diesem Abend in aller Öffentlichkeit feierte. Vor über zehn Jahren war, wie durch ein Wunder, die kleine Gemeinschaft neu belebt worden durch jüdische Aussiedler aus Russland.

Während die Kälte unter die Kleider kroch und man anfing, an heiße, prasselnde Kaminfeuer und Glühwein zu denken, näherte sich ein junger Mann mit bunter Winterjacke und Rucksack den Wartenden.

«Guten Abend!»

«Ach, da bist du ja!» Er schien erwartet worden zu sein. Irgendwo knackte es, und man hörte, dass ein Mikrofon angeschlossen wurde.

Der junge Mann nahm das Mikro, begrüßte die Anwesenden, die inzwischen zu einer größeren Gruppe angewachsen waren, und fuhr fort: «Bevor wir den großen Chanukkaleuchter anzünden und einweihen, möchte ich Ihnen kurz erzählen, warum wir diese acht Tage im Dezember feiern.»

Es wurde still.

Nur ab und zu stampfte jemand leise mit den Stiefeln auf, um seine Füße zu bewegen. Der Mann mit dem Rucksack – er war der ehrenamtliche Kantor der Gemeinde – redete von einer Epoche, die lange zurücklag, und nahm die gebannten Zuhörer mit nach Judäa in das zweite Jahrhundert vor Christus, als der griechische Diktator Antiochus herrschte, der die jüdische Religion brutal unterdrückte und ausrotten wollte.

Aber eigentlich war es keine Zeitreise in die Vergangenheit, sondern umgekehrt: Die Vergangenheit wurde herbeigeholt und breitete sich auf dem Platz des Mahnmals aus wie eine unsichtbare Wolke, die deutsche, griechische und jüdische Geschichte vermischte …

Fast konnte man Schwerter klirren hören und die Aufregung von damals spüren, als der Kantor von den jüdischen Partisanen erzählte, die nach jahrelangen, zähen Kämpfen ihr Recht auf Religionsfreiheit zurückgewannen und anschließend den Tempel reinigten. Und klang nicht irgendwo deutsche Blasmusik in den Gassen und das Zersplittern von Glas, als die Schaufenster der jüdischen Geschäfte 1938 eingeworfen wurden und die Synagoge brannte?

Jemand nahm den mittleren Arm des großen Leuchters heraus, zündete den Docht an und reichte das Licht einem Jungen. Der stieg damit auf das kleine Podest vor dem großen Leuchter, zündete nacheinander sechs der restlichen Öllampen an und steckte den mittleren Arm wieder an seinen Platz, um an das ewige Licht im Tempel zu erinnern, das wie durch ein Wunder eine Woche lang brannte, obwohl nur Öl für einen Tag vorhanden war.

Ein Mädchen fragte seine Mutter leise: «Ist denn heute der siebte Advent?»

«Nein», flüsterte die Mutter, «die jüdische Gemeinde feiert in der Adventszeit auch ein Lichterfest, wie die Christen.»

Wieder knackte das Mikrofon, der junge Kantor stimmte ein hebräisches Lied an, in das die Umstehenden einfielen, sprach Gebete, und die Leiterin der jüdischen Gemeinde dankte dem Gymnasium, das den Leuchter gestiftet hatte.

Man stand noch eine Weile zusammen. Bunte Lichter blinkten in den Fenstern, ein großer, künstlicher Adventskranz mit zwei hellen, elektrischen Birnen schaukelte vor einem Geschäft im Wind, und der Chanukkaleuchter brannte still vor sich hin.

Manchmal, wenn eine kalte Windböe um die Ecke sauste und über die Flammen fuhr, sah es aus, als ob sie jeden Augenblick ausgingen.

Aber sie gingen nicht aus.

Alter Schmuck

Peter Osterried

Marlene war fünfundachtzig Jahre alt, aber für ihr Alter noch recht rüstig, wie man so schön sagt. Sie machte ihre Besorgungen noch alleine und führte einen kleinen Witwenhaushalt, hierbei ließ sie sich einmal in der Woche von einer Nachbarin helfen. Sie las viel und konnte die Fremdsprachen, die ihr Beruf gewesen waren, immer noch flüssig sprechen, auch ging sie einmal die Woche «turnen», so nannte sie es, wenn sie Rückengymnastik im Gesundheitsstudio machte.

Glücklich war sie eigentlich nur selten, aber das hielt sie für normal. Glück empfand doch jeder nur in Augenblicken, wenn überhaupt. Aber zufrieden war sie, und das war ihr wichtig, und traurig war sie selten, das war ihr auch wichtig. Weinen tat sie eigentlich nie.

Aber an diesen elenden Feiertagen! Früher hatte sie ihre Familie, ihren Mann, ihre Kinder bekocht, obwohl sie immer buchstäblich vom Beruf unter den Weihnachtsbaum gesprungen war. Das war alles keineswegs stressfrei vonstattengegangen; doch wenn sie damals ihre Lieben hatte lächeln sehen, wärmte sich ihr Gemüt. Jetzt war sie an Weihnachten und am Jahreswechsel immer allein. Ihr Mann war schon lange Zeit tot, und ihre beiden Kinder, längst erwachsen, waren vor Jahren ausgewandert.

Hannah und Felix waren immer unzertrennlich gewesen, nur ein Jahr auseinander, hatten beide – gegen den Willen der Eltern – ihren Weg in künstlerischen Berufen gesucht, um dann festzustellen, dass man am Theater, trotz Talent, ohne Glück oder ohne die Bereitschaft, mit Regisseuren und Intendanten auf Tuchfühlung zu gehen, leider kein Geld verdiente.

Desillusioniert hatten sie sich kurzerhand entschieden, gemeinsam nach Australien zu gehen, dort Schafe zu züchten und ein paar Fremdenzimmer an Rucksackreisende zu vermieten. Wenn sie mit ihrer Mutter telefonierten, und das taten sie regelmäßig, sagten sie immer, sie seien nicht reich, aber glücklich. Auf die Telefonate beschränkte sich der Kontakt, dies nun seit den acht Jahren, die die beiden in *Down Under* lebten.

Marlene hatte ihre Kinder noch nie besucht. Der Flug war zu teuer, wenn sie die Wohnung halten wollte, war das nicht drin. Und die schöne Wohnung war jetzt das, was einst ihre Familie gewesen war, ihr Rückzugsort, den sie liebevoll umsorgte und um den sie sich kümmerte. Sie hatte einen guten Geschmack, und das sah man auch. Da war nichts zu wenig und nichts zu viel, kein überladener Schnörkel und auch keine gähnende Leere, und ihre sichere Hand für die Kombination von alten Möbeln und Erbstücken mit einigen modernen Bildern und Accessoires machte jedem deutlich, was für eine originelle alte Dame Marlene war.

Nur vor dem 24. Dezember überkam sie wie eine Welle,

die sie mit sich fortriss, ein Hang zum Kitsch – und sie beobachtete das mit der ihr eigenen Selbstironie und konnte doch nicht dagegen an. Da wurden Lämpchen ausgepackt und aufgestellt, Bildchen herausgesucht, Blumensträußchen mit Tanne gebunden, Engelchen zu einem Orchester auf einem kleinen Tischchen drapiert und eine Vase mit einem Marienbildnis danebengestellt, bestückt mit frischen französischen Christrosen, die eigentlich für Marlene viel zu teuer waren. Und all das, obwohl Marlene entschieden erklären würde, dass sie eigentlich kein sehr gläubiger Mensch sei!

Sie leistete sich sogar einen Christbaum, was für einen Einpersonenhaushalt nun wirklich idiotisch war. Der Mann ihrer Nachbarin war so freundlich, ihn abzuholen und aufzustellen, Jahr um Jahr. Es musste eine Fichte sein, niemand sonst wollte heutzutage noch Fichten haben, denn sie fingen schon am Heiligen Abend zu nadeln an, aber wie sie dufteten …! Und Marlene schmückte den Baum immer gleich. Sie bestellte zwanzig kleine rote Äpfelchen, noch mit Stiel, damit sie ein Bastbändchen darum wickeln konnte, um sie in die Fichte zu hängen. Dann duftete es nicht nur nach Wald, sondern auch noch nach Äpfeln. Strohsterne mussten hinein, und der Höhepunkt ihrer alljährlichen Schmückungszeremonie waren die antiken Schmuckteile, die sie seit ihren Ehejahren hütete und mit Samthandschuhen anfasste, damit ihnen ja nichts zustieß.

Es war Weihnachtsschmuck aus den 20er-Jahren. Aus Blech, wie man ihn damals herstellte und dann bemalte. Glöckchen, Türmchen, ja sogar Blümchen, selbst ein paar rot-silbern angelaufene Blechrosen waren dabei. Wie war Marlene zu diesem alten Schmuck gekommen?

Als sie ein kleines Mädchen gewesen war, hatten ihre Eltern solchen Schmuck gehabt, doch im Krieg war er verloren gegangen. Als erwachsene Frau hatte Marlene schon fast vergessen, wie verzaubert sie von diesen kleinen Glitzereien als Kind gewesen war. Als sie dann ihren Mann Martin kennengelernt hatte und sie beide noch wenig Geld besaßen, aber sehr verliebt waren, hatten sie sich an einem Adventsabend von den Weihnachtsfesten ihrer Kindheit erzählt. Und da Martin zwar äußerlich wie ein männlich-kräftiger Bär aussah, aber innerlich ein aufmerksamer, hochsensibler Mann war, hörte er seiner Frau sehr gut zu, besonders in dem Moment, da Marlene von dem im Krieg verlorenen Antikschmuck schwärmte.

Und so geschah es, dass Marlene jedes Jahr von ihrem Mann zum Nikolaus ein kleines Päckchen auf dem Frühstückstisch vorfand, in das ein kleines antikes Weihnachtsschmuckstück eingepackt war. So hatte sich im Laufe ihrer langen Ehe eine ganze Kollektion an niedlichsten Raritäten zusammengefunden.

Ein Teil gefiel ihr besonders: Es war ein Fischchen in Türkisblau!

Auch dieses Jahr war es genau dieses Fischchen, dem Marlene ihre ganze Liebe zuwandte und es als letztes Tüpfelchen ganz oben an der Spitze ihrer diesjährigen Fichte befestigte.

Sie wusste durchaus um ihre Sentimentalität und belächelte sie wohlwollend. Sie liebte das Fischchen so, weil sie als Kind genau *so* eines im Baum gehabt hatten, es war ihr, als sei es genau das, was im Elternhaus verloren gegangen war. Sie liebte es so, weil ihr Mann sie mit ihrer Anhänglichkeit an dieses Teil immer schelmisch aufgezogen hatte. Sie liebte es so, weil sie selber, Ende Februar geboren, dieses Sternzeichen hatte. An Weihnachtswunder glaubte sie zwar nicht, aber sie wusste sehr wohl darum, dass der Fisch auch ein christliches Symbol war, und wer weiß? Vielleicht beschützte das Fischchen sie ja doch irgendwie über das kommende Jahr hinweg, sodass ihr nichts Schlimmes geschah und sie wieder einen Sommer mehr erleben würde.

Jetzt war die Fichte komplett. Es war der Abend vor dem 24. Dezember, dem Marlene nicht ohne Angst entgegensah, denn die schöne Wohnung, der schöne Baum, ja selbst das Fischchen ersetzten nun einfach keine Familie. Doch Marlene wollte nicht jammern, nicht traurig sein, und mit einer für ihre resolute Art typischen Selbstansprache – «Wer Sorgen hat, hat auch Likör!» – schritt sie in die Küche, um sich vom Rumtopf zu bedienen, den sie auch aus Traditionsgründen Jahr um Jahr ansetzte.

Er schmeckte gut, zu gut. Und so folgten auf die erste Portion mit Vanilleeis noch mehrere, nun ohne Vanilleeis, bis Marlene einnickte, den Baum im Erker der Wohnung bestaunend.

Sie hatte einen merkwürdigen Traum. Es war ganz still, so still, als würde es in ihrer Wohnung leise schneien. Der Baum stand unerleuchtet im Raum, sie fröstelte etwas. Der Baum verschwamm in einem tristen Grau, nur ein winziges türkisfarbenes Licht strahlte an der Spitze. Sie sah hin und merkte, dass der Fisch den Mund öffnete, als würde er trinken. Tranken Fische überhaupt? Jetzt erst merkte sie, dass er flüsterte.

Was, konnte sie erst nicht verstehen, aber das Flüstern hörte nicht auf. Dann verstand sie die Worte: «Dich erwartet morgen eine richtige Weihnachtsüberraschung … Dich erwartet morgen eine richtige Weihnachtsüberraschung …» Ihr war, als würde das Tierchen immerfort diesen Satz murmeln. Aber: Was sollte sie denn überraschen?

Es schellte an der Tür. Es war ja schon hell! Marlene stellte nicht unbelustigt fest, dass sie die Nacht, trunken von Rumtopf und irritierenden Träumen, in ihrem Lesesessel verschlafen hatte.

Besuch erwartete sie nicht, aber vielleicht war es die Post. Und so war es auch. Der Postbote übergab ihr die Briefe, nahm dankend sein Weihnachtstrinkgeld entgegen, mit den besten Wünschen für die Feiertage verabschiedete man sich.

Viele Briefe waren es nicht, einer war ein Brief ihrer Kinder aus Australien. Sonst schickten die beiden doch immer ein Paket! Komisch, dachte Marlene und war enttäuscht und fast etwas beleidigt, als sie den Brief öffnete. Doch dann …

In dem Briefumschlag waren zwei weitere Umschläge, eine Weihnachtskarte und im anderen die Kopie einer Flugbuchung auf ihren Namen nach Sydney, jetzt über Silvester. Im Brief erklärten Tochter und Sohn, sie hätten lange gespart und Hin- und Rückflug gebucht, dies sei ihr diesjähriges Weihnachtsgeschenk, und wie sie sich schon freuten …

Marlene war so gerührt, und dieser Augenblick um 10 Uhr am frühen Morgen des 24. Dezember war jetzt ein so glücklicher, dass sie, ohne nachzudenken, zum Weihnachtsbaum ging und den Fisch aus der Spitze nahm, lachend und schnell wie ein junges Mädchen – das wöchentliche Turnen

half also doch! – hinauf in ihr Schlafzimmer lief, das tür-
kisfarbene Fischchen in ihr Schmuckkästchen legte und mit
dem Fischchen sprach: «Jetzt hole ich den Koffer aus dem
Keller und packe. Und du bist das Erste, was ich einpacke
und mit nach Australien nehme!»

Am Fenster

Maria Volkermann

Der alte Mann saß in seinem Lehnstuhl am Fenster. Es war diese Dämmerstunde, in der die Mütter noch einmal alle vier Kerzen am Adventskranz anzündeten und mit ihren Kindern *Macht hoch die Tür* sangen. Danach würde der Kranz ausgedient haben, an diesem 24. Dezember. Am Abend würde der Weihnachtsbaum die Wohnzimmer und Kinderaugen zum Leuchten bringen.

Der Altbauer hatte weder Adventskranz noch Kerzen, die ihm die kleine Stube der Altenteilerwohnung erhellten. Einen Tannenbaum hatte er gar nicht in Erwägung gezogen, der gehörte in den Wald und nicht in die Wohnung, so dachte er. Allmählich wurde es dunkler in seinem Zimmer, die paar Schritte zum Lichtschalter zögerte er noch hinaus.

Das Haus auf der anderen Straßenseite war erleuchtet. Dort lebte die sechzigjährige Berta mit ihrer betagten Mutter. Er hatte keine enge Nachbarschaft mehr mit den beiden Frauen gepflegt, seit seine Frau gestorben war.

Im Flur nebenan hörte er Stimmen. Dann ging die Haustür auf, und er konnte seine Schwiegertochter mit den Kindern durch das Fenster erkennen, an der einen Hand hielt sie den kleinen Jungen, in der anderen eine Taschenlampe. Das Mädchen hopste voraus. Die drei liefen den Gartenweg entlang, dann über die Straße, direkt auf die Haustür der Nachbarinnen zu. Berta stand schon in der geöffneten Tür und nahm die Kinder in Empfang. Die junge Mutter rannte schnell zurück in ihr Haus, es war noch viel zu tun bis zur Bescherung.

Der Senior dachte daran, wie es wohl wäre, wenn er die Kinder bis zur Bescherung betreuen würde. Er kannte sie ja kaum, seit der Sohn ihn aus der Familienwohnung geworfen hatte. Damals war das Mädchen noch klein gewesen, jetzt ging es schon zur Schule. Am Fenster sitzend, konnte er das Kind aufwachsen sehen, wenn es im Garten oder auf dem Hofplatz spielte, später kam dann der kleine Junge dazu, der Stammhalter für den Bauernhof. Er verfolgte die Kindergeburtstage im Sommer, die fröhlichen Spiele mit Nachbarskindern. Manchmal traf er seine Enkel auf dem Hofplatz. Sie grüßten dann höflich und scheu und verdrückten sich schnell. Inzwischen gab es ein weiteres Kind, das im November geboren worden war, «wieder ein Junge», so hatte sein Sohn es ihm knapp mitgeteilt. Er hatte den Säugling noch nicht gesehen, aber manchmal hörte er ihn schreien.

Der Altenteiler dachte an den Tag zurück, als die Beziehung zu der jungen Familie zerbrochen war. Sie hatten gemeinsam zu Mittag gegessen, aber die ungewohnte Kost hatte ihm nicht geschmeckt, und er beschwerte sich darüber in verletzender Weise. Dann gab ein böses Wort das andere, er schleuderte seine ganze Wut über die Eheschließung seines Sohnes mit dem Flüchtlingsmädchen aus dem Osten über den Küchentisch. Warum hatte Hans auch keine Bauerntochter aus dem Dorf genommen?

Er bezahlte diesen bösen Ausraster mit Ausgrenzung und Einsamkeit. So wollte er seine letzten Jahre nicht mehr verbringen. Er musste das jetzt ändern. Ein neues Jahrzehnt stand vor der Tür. 1960 sollte ein besseres Jahr für ihn werden. Wer weiß, wie viele Jahre mir noch bleiben, dachte er.

Durch das Haus zogen Rotkohl- und Bratenduft, bis in seine Stube hinein. Seine Zugehfrau, die ihn zweimal in der Woche versorgte, hatte ihm gestern Kartoffelsalat zubereitet, die Würstchen aus der Dose würde er sich später heiß machen.

Die Gedanken des Alten spazierten zurück in die glückliche Zeit, als sein Hans wohlbehalten aus russischer Gefangenschaft nach Hause gekommen war und die Landwirtschaft übernommen hatte. Dann schlummerte er ein.

Kinderstimmen vor dem Haus weckten ihn auf, aufgeregtes Geplapper im Taschenlampenschein, Türen gingen auf und zu, und leises Glockengeläut drang in seine Stube. Beim Blick aus dem Fenster konnte er den erleuchteten Christbaum hinter dem Fenster der Nachbarinnen erkennen.

Nach einer Weile erhob sich der Altbauer mühsam aus dem Sessel und machte Licht. Dann straffte er sich, raffte all seinen Mut zusammen und ging in den Flur, hinüber zur Tür auf der anderen Seite, blieb eine Weile stehen und klopfte an.

Sein Sohn öffnete die Tür, ungläubiges Staunen im Blick. Sein Vater sah den geschmückten Weihnachtsbaum, davor die Kinder, beschäftigt mit ihren Geschenken. Ein idyllisches Bild, untermalt von Weihnachtsmusik aus dem Schallplattenschrank. Er erblickte einen festlich gedeckten Tisch, davor seine Schwiegertochter, die ihn fragend ansah.

«Möchtest du reinkommen, Vater? Wir essen gleich», sagte Hans. Und an seine Kinder gewandt: «Begrüßt euren Opa mal.»

Die kamen sofort dieser Aufforderung nach, mit Knicks und Diener, wie es sich gehörte. Gut erzogen, dachte ihr Großvater und trat näher.

Die junge Frau holte noch einen Teller und Besteck aus dem Schrank, dann ging sie zögernd auf ihren Schwiegervater zu und gab ihm die Hand: «Frohe Weihnachten, Vater.» Dann trug sie das Essen auf.

Der Braten und Rotkohl schmeckten ihm ausgezeichnet, auch die Dosenpfirsiche zum Nachtisch, und er lobte die Hausfrau. Im Nebenzimmer weinte jetzt der Säugling, es wurde Zeit, ihn zu holen und seinem Großvater zu zeigen, und der vergoss dabei auch ein paar Tränen. So blieb er noch einige Zeit im Familienkreis, trank ein Glas Wein mit seinem Sohn und sang mit der Familie Weihnachtslieder.

Die Annäherung nach diesem Weihnachtsfest ging sehr vorsichtig voran, denn die Lücken der vergangenen Jahre konnten nur allmählich gefüllt werden. Aber immer wenn der Alte seine Enkel im Garten spielen sah, dann klopfte er an die Fensterscheibe und winkte ihnen zu. Lachend winkten sie zurück.

Werkstattwochen

Hans Wuttke

Seien wir ehrlich, ganz ehrlich: Wenn wir an Weihnachten denken, erinnern wir uns liebend gern an Feste aus früher Kindheit. Als über allem noch der Zauber der Erstmaligkeit und Einmaligkeit lag und unser Staunen aus tiefstem Herzen kam und rein und echt war.

Der Winter 62 begann schon Ende November mit viel, viel Schnee und klirrendem Frost. Nein, keine sibirische Kälte, viel schlimmer. Ein Hoch über den Azoren blies ungebremst arktische Luft nach Europa. Es wurde der kälteste und längste Winter des letzten Jahrhunderts.

Die Ostsee war komplett vereist, die Wasserleitung in der Toilette über der Waschküche ebenfalls. Das ganze Land stemmte sich mit allen Kräften gegen die widrige Witterung. Wegen des gefrorenen Bodens wurde der Braunkohleabbau schwierig bis unmöglich. Wer in unserer Stadt Glück hatte, bekam noch gepresste Briketts nachgeliefert. Anderen wurde Braunkohle vor die Haustür gekippt, die sofort in den Keller gebracht werden musste, weil sie sonst auf der Straße anfror. Das zeitweise Abschalten des Stroms war nicht ungewöhnlich.

Das Kinderzimmer, knapp neun Quadratmeter groß und gleichzeitig Durchgangszimmer mit drei Türen, wurde zum Hauptaufenthalt der Familie. Mit zwei Betten, einem kleinen Tisch, einem Sessel, einem Regal und dem kleinen Kachelofen war die Stellfläche erschöpft. Uns Kindern war das egal, wir lebten halt überwiegend in den Betten. Mutter saß im Sessel, trennte Vaters ärmellosen Westover auf und strickte uns daraus Pullover.

Wochenlang fiel die Schule aus; im Radio wurden Bildungsprogramme für verschiedene Klassenstufen aufgelegt. Wir verbrachten die Nachmittage auf der Rodelbahn am Elewall, keine dreihundert Meter von der Wohnung entfernt. Uns Kindern fehlte nichts. Vielleicht ein wenig *Professor Flimmrich*, der samstags Fernsehfilme für Kinder brachte. Aber der Fernseher stand im kalten Wohnzimmer …

«Dieses Zimmer bleibt für euch tabu, wir wollen es sowieso renovieren!» Die Tür wurde verriegelt, das Zimmer nur noch vom Hausflur erreichbar. Auch die Wohnungsschlüssel wurden uns vorenthalten, seit dem Kammerunfall.

Kammerunfall, noch nicht gehört? Wir waren allein in der Wohnung, und mein um ein Jahr jüngerer Bruder Klaus hatte sich in der Küchenkammer mit einem Löffel verschanzt, wollte wohl ein Marmeladenglas allein auslöffeln. Damit ich ihn nicht stören konnte, hatte er den Schlüssel gleich mitgenommen. Pech nur, von innen passte der nicht. Klaus fing jämmerlich an zu heulen, und auch meine Idee, den Schlüssel unten durch die Tür zu schieben, ging nicht auf. So bat ich ihn, den Schlüssel durch die Kammerluke auf den Hof zu werfen, wo ich ihn abholen könnte. Gesagt, getan, doch der Wurf misslang, und der Schlüssel landete

unerreichbar auf dem Dach des Hühnerstalls unserer Ver-
mieterin Frau Lehmann. Da fing Klaus erst richtig an zu
heulen.

Panisch rannte ich zur «Oma unten», die so hieß, weil
sie drei Häuser weiter unten in der gleichen Straße wohnte.
Sie beruhigte mich, brachte ihren Nachbarn mit, der zufällig Schlossermeister war und der mit wenigen Handgriffen
die Tür öffnete. Geistesgegenwärtig bedankte sie sich mit
einem Glas feinster Leberwurst aus unserer Kammer. Den
Kindern wurden fortan sämtliche Schlüssel verwehrt.

Das Wohnzimmer blieb uns also verschlossen und wurde
nicht mehr geheizt. Als es zum ersten Advent dort polterte,
drängelten wir uns um das Schlüsselloch, doch es blieb ein
Rätsel.

Aber halt, wir lebten in einer Kleinstadt, und schon am
nächsten Tag wurden wir gefragt, was für eine übergroße
Holzplatte der Tischler Herrfurth in unsere Wohnung gebracht hatte. Uns blieb nur ein Schulterzucken.

Ja, und dann sollte ich meinen vierjährigen Bruder Frank
begleiten, Kartoffelschalen für die Kaninchen zur Oma zu
bringen. Die Turmuhr schlug sechs Uhr abends, und das
Verhängnis nahm seinen Lauf. Frank entdeckte von der
Straße aus Licht auf unserer Etage und verdächtige Schatten. Nichts da, redete ich auf ihn ein: Das ist nicht der Weihnachtsmann, nein, die Eltern renovieren nur unser Wohnzimmer. Kaum hatte er die Schalen übergeben, holte er sich
Bestätigung: «Oma, ich habe bei uns den Weihnachtsmann
gesehen, aber der Große glaubt nicht daran, der will mir nur
einreden, bei uns wird *removiert*!»

Oma meinte versöhnlich, das komme nur davon, dass

manche nicht an den Weihnachtsmann glauben würden und ihn deshalb auch nicht sehen könnten. Wir lächelten uns zu, und für mich war die Sache erledigt. Denkste!

Als wir zwei Tage später mit unserer Mutter ewig in der Schlange der Fleischerei standen (ich war nur mitgegangen, weil die Verkäuferin immer einen Zipfel Wurst für uns Kinder bereithielt), tuschelte doch mein Bruder mit der kleinen Karin hinter uns. Dann zeigte das kesse Zopfmonster mit dem Finger auf mich und hielt sich die Hand vor den Mund. Ich hätte ausrasten können.

Bald darauf sprach mich Kaatzi an (Dieter Kaatz wohnte schräg gegenüber von uns, und mit ihm spielte ich manchmal Offiziersskat auf der Eingangstreppe zum Pfarramt). Also, Kaatzi hatte längst registriert, dass öfters Kinder auf dem Heimweg vom Rodeln nach Einbruch der Dunkelheit vor unserem Haus stehen blieben und nach oben starrten. Von Kaatzis Wohnung aus sahen wir allerdings mittags nur zugefrorene Fenster. Doch als ich abends wieder mal zur Oma lief, da begann selbst ich an mir zu zweifeln. Hinter den Eisblumen bewegten sich leuchtend bunte Farben und dann irgendetwas Rotes. Vater würde das Zimmer doch nicht etwa mit roter Tapete ausstatten?

Kopfschüttelnd fand Mutter einige Tage später Zettel mit Kinderzeichnungen im Briefkasten – Teddy, Puppe, einen Schlitten und gar einen kleinen Hund. Ich meinte dazu nur: Das haben wir unserem Frank zu verdanken.

Drei Tage vor Weihnachten wurde es noch kälter – die Mittagstemperaturen blieben zweistellig negativ. Selbst das Turmblasen von der nahen Marienkirche am vierten Advent fiel aus. Mit jedem Schritt ächzte der Schnee unter unseren Füßen. Wir sehnten uns nur noch nach der Bescherung am Heiligen Abend.

Endlich war es so weit. Wir Kinder wurden feierlich zurechtgemacht. Jedes musste sich gefallen lassen, auf dem Kohlenkasten in der Küche gekämmt zu werden. Ich hasste diese Demütigung. Dann klingelte es, und jemand wurde leise über den Flur ins Wohnzimmer geführt …

Als wir das Zimmer betraten, roch es nach Bratapfel und Zimt. Der Ofen und die Augen unseres Vaters strahlten wohlige Wärme aus. Die Großeltern saßen bereits am Tisch, und es rauschte zu meiner rechten Seite, rauschte immer lauter. Ich traute meinen Augen nicht: Es war eine riesige Modelleisenbahn, die ein Viertel des Wohnzimmers einnahm, mit allem, was Kinderherzen nur begehren konnten. Wir stürzten uns sofort an die Fahrpulte. Ja, es gab zwei, und so konnten gleichzeitig Züge in unterschiedliche Richtungen fahren. Da waren Tunnel, ein Bahnhof mit drei Gleisen, Weichen, Anstiege und Abfahrten, eine kleine Stadt mit beleuchteten Häuschen und Autos und Menschen und, und …

Frank rief sehr aufgeregt: «Oma, Oma, ich hatte *doch* recht. Hier war die Werkstatt vom Weihnachtsmann.»

Oma strich ihm übers Haar: «Ja mein Junge, man muss eben nur fest an ihn glauben!», und lächelte mich dabei an.

Heimkehr

Monika Reichel

Aus. Vorbei.

Das Handy lag immer noch in ihrem Schoß. Was war das jetzt gewesen? Wie lange saß sie nun schon regungslos da? Unfähig zu einem klaren Gedanken und – völlig untypisch für sie – zu einem erkennbaren Gefühl.

Leere. Chaos. Ging das gleichzeitig?

Im ganzen Raum verstreut lagen Dinge, die sie einpacken wollte. Kleidung, Verpflegung, Spiele … die Geschenke. Die Geschenke! Beim Anblick der Geschenke kam Bewegung in ihre Starre. Ihre Augen brannten, der Druck im Hals und in ihrem Herzen nahm zu, und einige Tränen bahnten sich den Weg über ihr Gesicht.

Die Auszeit war für die ganze Familie geplant, mühsam erspart, denn es war nicht leicht und erst recht nicht billig, eine Hütte mitten in den Bergen, abseits von jeder Betriebsamkeit, über die Weihnachtstage zu mieten. Eine Hütte, die trotz ihrer Abgeschiedenheit all den gewohnten Bequemlichkeiten Raum gab. Und vor allem Zeit für sich und füreinander.

Füreinander Zeit! Ihr entfuhr ein bitteres Lachen. Die

brauchten sie ja jetzt nicht mehr. Es war alles gesagt. Illusionen über gegenseitiges Vertrauen und «Ach, wie froh sind wir, dass wir einander haben!» lagen zerbrochen am Boden.

Wie theatralisch! Und ganz ohne Publikum! Aber sie konnte die Dramatik noch steigern. Morgen war Weihnachten. Und sie hatte eine einsame Hütte in den Bergen ganz für sich allein. Oder sollte sie absagen?

Und was tun? Über den Sinn des Lebens brüten? In Selbstmitleid zerfließen? In all dem hatte sie wirklich Übung, aber keine Lust dazu.

Gut. Für mich alleine brauche ich nicht viel. Das ist schnell eingepackt. Nur weg von hier!

Endlich ein paar Gedanken, die ihr halfen, wieder in Bewegung zu kommen. Es war völlig egal, was in ihrem Rucksack landete. Hauptsache, es war warm und übereinander anziehbar. Der Christbaumschmuck, der schon in ihrer Lieblingsdose auf sie wartete, kam in die Tasche. Ein Buch? Ja, auf alle Fälle. Was sollte sie dort oben sonst alleine tun? Einen Fernseher gab es nicht. Sonstige technische Störenfriede hatte sie schon vor dem Telefonat beschlossen, nicht mitzunehmen.

Vielleicht konnte sie das wunderschöne Büchlein brauchen, das sie von ihrer Freundin bekommen hatte, und ein paar Stifte. Sie hielt inne. Sie spürte doch tatsächlich so etwas wie Vorfreude. Was war passiert? Was hatte sich verändert?

Ein paar Tage für mich. Nur. Für. Mich. Und – was brauche ich dafür? Mich.

Mit diesem überraschenden Stimmungsumschwung immer noch beschäftigt, packte sie – entgegen ihrer sonstigen

Gewohnheit – völlig kopflos und ohne erkennbares System und spürte einen eigenartigen Drang, endlich mit all ihren Habseligkeiten ins Auto zu kommen, sich auf den Weg zur Hütte zu machen.

Sollte sie eine Nachricht hinterlassen? Die anderen verständigen? Nein. Dieses ständige Kreisen um all das, was die anderen brauchten, würde jetzt einmal ein paar Tage Urlaub machen.

Die Fahrt war angenehm, nicht so lang, wie sie dachte. Die Straßen beinahe leer, die Forststraße zur Hütte ohne Schnee, und der Schlüssel steckte, wie besprochen, innen in der Eingangstür. Was für ein Vertrauen! In ihrem Fall aber wirklich gut, sonst hätte sie sich so spät nicht mehr auf den Weg machen können. Ein kurzer Anruf hatte genügt, eine freundliche Wegbeschreibung hatte sie bekommen.

Geschafft! Angekommen. Alles finster. Zwar lag ein Hauch von Mondlicht über der Lichtung, und die Sterne strahlten in ungewohnter Helligkeit und Fülle vom Himmel. Aber sonst? Kaum erkennbare Umrisse des Waldes in den verschiedensten Schattierungen von schwarz.

Angst? … Angst? Nein. Keine Spur. Wie ungewöhnlich!

Geräusche, die sie nicht einordnen konnte: nicht bedrohlich; ungewohnt. Eingebettet in eine tiefe Ruhe.

Das Beziehen der Hütte, das Räumen und Sich-Beschäftigen taten ihr gut, obwohl sie erstmals spürte, wie müde sie war. Anscheinend hatte der Bauer nach ihrem Anruf bereits eingeheizt. Angenehme Wärme empfing sie. Und ein Tannenbaum. Mitten in der Stube.

Weihnachten. Das hatte sie ja beinahe vergessen.

Nein, dafür war sie heute noch nicht bereit. Schnell schauen, in welchem Raum sie schlafen wollte. Aus dem Fenster ein Blick in den Sternenhimmel. Erschöpft fiel sie ins Bett und schlief weit in den nächsten Tag hinein.

Die Sonne durchleuchtete den Raum bereits warm und freundlich. Das Wasserplätschern vom Brunnen lullte sie noch einige Zeit ein, und erst ein deutlicher Hunger zwang sie aufzustehen.

Einheizen. Tee machen. Oh, die Kerze am Tisch! Anzünden. Und hinsetzen. Wo war denn das Brot? Nachdem sie alles für ein Frühstück gefunden hatte, genoss sie dessen Einfachheit und die Zeit, die sie dafür hatte. Kurz kam ihr der Gedanke, sich das Buch zu holen. Nein, essen war genug. Und aus dem Fenster hinausschauen.

Die Schatten der Nacht waren warmem Licht gewichen, und alles sah in der Sonne einladend und strahlend aus. Ein wenig Schnee blinzelte durch die Bäume, aber vorherrschend grün leuchteten Nadeln und Moos. Ein Spaziergang! Sobald sie gegessen hatte …

Lange schlafen. In Ruhe frühstücken. Durch die Natur spazieren. Wann hatte sie das zuletzt gemacht? Dies war eindeutig kein gewöhnlicher 24. Dezember. Was stand an diesem Tag sonst alles auf dem Programm! Auch auf einer Berghütte. Damit es alle schön hatten und sich wohl fühlten.

Damit es alle schön hatten und sich wohlfühlten …

Und was war mit ihr? Fühlte sie sich in all dem Tohuwabohu, in all den Vorbereitungen wohl? Wer dachte daran, ihr ein schönes Fest zu schenken?

Niemand. Nicht einmal sie selbst. Nun ja … doch. In diesem Jahr anscheinend doch.

Sie liebte den Wald. Sie lechzte schon so lange nach Abgeschiedenheit, nach Ruhe. Sie lechzte danach, die Zeit einfach Zeit sein zu lassen. Alles, was auf dem Programm stand, einfach zu vergessen. Ein wenig Ewigkeit zu schnuppern.

Weihnachten.

Nach so vielen Jahren endlich Weihnachten.

Saure Yoga-Engel

Martina Tischlinger

O, juhu, du fröhliche! Von einem Bein aufs andere hüpfend, führe ich ein kleines Freudentänzchen auf, das leider auch der Verkäuferin in der Confiserie nicht entgeht. Prompt kräuseln sich ihre Lippen.

Sie kann den Grund meines impulsiven Gefühlsausbruches ja nicht ahnen. Es ist November, und ich habe meine Weihnachtsgeschenke praktisch so gut wie zusammen und kann nun den armen Würstchen, die sich demnächst in das Getümmel der überfüllten Boutiquen und Kaufhäuser quälen müssen, eine lange Nase ziehen.

Ja, ja, ich weiß. Weihnachten ist das Fest der Liebe. Die Zeit der Besinnlichkeit. Ich sollte kein solches Gedöns um das streitbare Thema der Weihnachtsgeschenke machen. Und längst habe ich mich auch dem Trend «Aber-nur-eine-Kleinigkeit» angeschlossen. Aber was ist «eine Kleinigkeit», ohne als Geizhals abgestempelt zu werden?

Mein Mann plädiert für Gutscheine, aber die kommen mir nicht in die Weihnachtstüte! «Yoga-Stunden für deine Freundinnen, gratis Reparaturen für meine Kumpels, und mit den Mamas und Papas gehen wir ins Theater», schlägt er vor. So einfach ist das für ihn. Doch da mache ich nicht mit! Gutscheine halte ich für einfallslos, wie auf den letzten Drücker lieblos hingebastelt.

Außerdem habe *ich* ja meine Geschenke beisammen. Mit überlegenem Grinsen trage ich meine limitierten und hand-bemalten Lebkuchen-Weihnachtsmänner mit Punschglasur in recycelten Kartons von der Konditorei nach Hause. Ich werde sie im Schlafzimmerschrank bei unseren Urlaubs-mitbringseln bis zur Bescherung bunkern: Die echt mallor-quinischen Windlichter aus hauchdünnem Glas und orien-talischer Seide waren auf den Balearen der Renner.

Im Sommer schienen sie noch die perfekten Weihnachts-geschenke zu sein. Leider haben sie den Transport im Kof-fer nicht gut überlebt, und wie ich feststellen musste, wer-den sie in Vietnam produziert. Ein Land übrigens, das ich unbedingt auch einmal bereisen möchte. Was soll's, werde ich eben noch einmal Windlichter besorgen. Ansonsten liege ich perfekt im Zeitplan und übertreibe es nicht, wie sonst, mit der Geschenke-Kauferei, denn, ich bitte Sie, das ist doch wirklich nur eine Kleinigkeit: ein bisschen Nippes und Süßkram!

Zwölf Familienmitglieder und Freunde werden wir be-schenken. Jeder bekommt das Gleiche. Das ist fair und spart Zeit. Doch mir fehlt noch das Tüpfelchen auf dem i. Gut, dass ich neulich im Vorbeifahren wirklich absolut bezau-bernde Engel im Schaufenster eines Dekorationsladens in der Innenstadt entdeckt habe. Vielleicht kennen Sie die put-zigen Kerlchen mit den knuffigen Gesichtern. Also die *muss* ich bei Gelegenheit noch holen, und dann ist basta. Erst mal kann ich der Adventszeit entspannt entgegensehen.

Himmel, wie die Zeit vergeht! Bald dürfen wir die vierte Kerze am Adventskranz anzünden.

Auch ohne Weihnachtsgeschenke besorgen zu müssen, war die Vorweihnachtszeit stressig. Und beinahe hätte ich Schussel die knuffigen Engel vergessen! Außerdem brauche ich dringend ein Rezept für Heiligabend. Noch einmal Wiener Würstchen mit Kartoffelsalat, und meine Familie tritt in den Streik – eine bessere Idee liefern sie zu ihrem Protest natürlich nicht mit.

Und so zwinge ich mich halt doch zu einem Sprung in die Stadt, auch wenn ich mich da mit den Nachzüglern, die es bisher verbummelt haben, ihre Präsente zu besorgen, durch die Fußgängerzone schieben lassen muss. Aber ich weiß ja, was ich will. Schnell rein in den Laden, zwölf Engelchen schnappen, und *tschüss*!

Noch auf der Fahrt in die City fallen mir die ruinierten Windlichter ein. Längst hatte ich sie ersetzen wollen. Nur die Ruhe, sage ich mir, ich werde in dem Geschäft sicher hübsche finden. Natürlich hätte ich die Dinger online bestellen können, aber der Einzelhandel soll schließlich auch etwas verdienen.

Ich fasse es nicht! Ich kann mir noch so lange die Nase an der milchigen Schaufensterscheibe platt drücken. Alles dunkel. Das Geschäft ist zu. Für immer. Aus. Finito. Allmählich schwimmen mir die Felle davon. Denn gestern beim gemütlichen Fernsehabend haben mein Mann und ich feststellen müssen, dass die Lebkuchenmänner mit Schwips einen *enormen* Schwund erlitten haben. Zu unserer Verteidigung: Jeder braucht ab und zu einen Seelentröster.

Ja-aber-doch-nicht-jeden-Tag! Wir haben sie komplett weggefuttert! Blicke ich der schonungslosen Wahrheit ins Auge, so muss ich mir eingestehen: Außer leeren Lebkuchen-Kartons und asiatischer Bruchware habe ich nichts, aber auch gar nichts, um es unter den Weihnachtsbaum zu legen. Und noch immer weiß ich nicht, was ich Heiligabend Leckeres kredenzen soll, das nicht 08/15 ist.

Auf der Suche nach einem Rezept stoße ich im Internet auf einen chinesischen Glasnudelsalat mit sauer eingelegtem Gemüse. Das ist mal ein Gericht, das es bei uns nicht alle Tage gibt. Meine Lieben werden Augen machen! Bei der Gelegenheit bestelle ich vorsorglich ein Dutzend Spieluhren aus dem Erzgebirge.

Doch auf meine Panikbestellung will ich mich nicht verlassen. Wohl oder übel werde ich mich erneut in den Weihnachtstrubel stürzen müssen. Hastig notiere ich die Zutaten des exotischen Weihnachtsschmankerls und merke, wie meine Energie immer mehr verpufft. Unterdessen ist meine handschriftliche To-do-Liste chaotisch. Gestrichene und ergänzte und wieder gestrichene Posten erschweren es mir, den Durchblick zu behalten.

Die Zahl Zwölf prangt auf dem Zettel. Mehrmals dick und umringelt.

Mein Mann versteht mein Problem nicht. «Weihnachten wird immer mehr zum Kommerz, und wenn schon was schenken, dann etwas, das sich verbraucht. Staubfänger braucht kein Mensch!» ist seine Devise. Doch meines Seufzens überdrüssig, schnappt er sich beherzt meine Einkaufsliste und empfiehlt mir ein Schaumbad mit Entspannungsmusik.

Kaum eine Stunde später muss ich eingestehen: Beim Shoppen ist er talentierter als ich. Auch wenn ich seine Auswahl nicht ganz nachvollziehen kann.

«Ich konnte dein Gekritzel kreuz und quer übers Blatt nur schwer entziffern, also habe ich ein wenig improvisiert.» Er strahlt, zufrieden mit sich. «Bei zwölf sauren Engeln war mir nicht ganz klar, was du meinst, also habe ich mich für Essiggurken im Glas entschieden.»

Wortlos setze ich mich an den Computer und designe hübsche Gutscheine mit Engeln, die Yoga machen; welche für gratis Arbeitszeit, gesponsert von meinem Mann; und mit den Eltern gehen wir in die «Zauberflöte».

Ich bitte zu bemerken, das wurstelt man nicht einfach nur so dahin, ich kreiere wahre Kunstwerke – und sie sind nicht einfallslos und schon gar nicht lieblos!

Ich mag die Vorweihnachtszeit, ehrlich. Wenn nur die Geschenkejagd nicht wäre. Ich hätte einfach früher anfangen müssen damit. Aber nächstes Weihnachten bin ich fein raus aus dem Schneider. Denn ich habe zwölf Spieluhren aus dem Erzgebirge, die vor Silvester geliefert werden sollen. Die entschädigen vielleicht unsere Eltern und Freunde für die seltsamen Präsente an diesem Fest.

In Ermanglung der beschwipsten Lebkuchen, knuffigen Engel und spanisch-vietnamesischen Windlichter haben wir die Gurkengläser zu den Gutscheinen in die Geschenktüten mit eingepackt. Süßigkeiten sind sowieso nicht so gesund.

Und es gibt ihn doch!

Josef Marx

Als ich ein kleiner Junge war, begann für mich die schönste Zeit des Jahres mit dem Martinsfest. Es wurde die eigene Laterne gebastelt. Sie sollte die allerschönste sein und leuchtete St. Martin zur Ehre, der als römischer Soldat zu Pferd im Zug mitritt. Begeistert wurden Martinslieder gesungen.

Wenige Tage später öffnete der Advent seine Tore in Form der ersten brennenden Kerze auf dem Kranz, und St. Nikolaus stand bevor. Die Stunden des Wartens dehnten sich zu Tagen, und die Tage fühlten sich bald wie Wochen an. Nachts schlief ich kaum noch ruhig. Was würde er sagen? Was würde er bringen? Der heilige Mann!

Weißer Bart mit Mitra auf dem vollen Haar. Große Brille. Roter Mantel über dem weißen Untergewand. Schwarze Stiefel. Er war da! In den weißen Handschuhen hielt er das goldene Buch, aus dem er mit tiefer Stimme vorlas. Was würde dieses Jahr darin verzeichnet stehen?

Es folgte der bekannte Verlauf: Warst du brav? Hast du in der Schule fleißig gelernt und zu Hause mitgeholfen? Mit zittriger Stimme wurde auf alles mit «Ja» geantwortet. Der

Nikolaus kannte auch die beklagenswerten Dinge. Es stellte sich nur die Frage, wie er immer wieder an dieses Wissen gelangte.

Ein angsteinflößender Begleiter stand hinter ihm. Mit schwarzem Gesicht, wirren, dunklen Haaren, eine Rute in der Hand, den großen Sack auf dem Rücken. Er war zuständig für die Bestrafung, sofern sie nötig erschien.

Die Angst wich erst, wenn St. Nikolaus den vollen Teller mit Plätzchen, Obst und Süßigkeiten überreichte.

So wurde ich mit ihm groß, und irgendwann erfuhr ich unter dem Deckmantel der Verschwiegenheit, dass es den Nikolaus und den Hans Muff in Wirklichkeit nicht gab. Es waren bloß verkleidete Erwachsene. Ich konnte es nicht glauben. Der Nikolaus war entzaubert.

Im nächsten Jahr schaute ich genau auf den Nikolaus, wie er ging, wie er sprach. Er zog ein Bein leicht nach wie Onkel Michel. Es konnte nur Onkel Michel sein.

Der Nikolaus war endgültig entlarvt. Er war kein Heiliger vom Himmel. Im nächsten Dezember kam er nicht mehr, brachte keine Leckereien. Genau nach dem Motto: Wer den Nikolaus kennt, dem bringt er nichts. Ich war unendlich traurig.

Die späteren Jahre gingen trostlos vorüber. Vom eigenen Geld kaufte ich mir am 6. Dezember stets einen Weckmann mit Pfeife. Das war es dann.

Die Zeit nahm ihren unwiederbringlichen Verlauf. Ein Jahr glich dem anderen.

Dann kam der Nachmittag eines 6. Dezembers. Ich saß, wie immer, mit einem Weckmann und einer Tasse Kaffee am Tisch, las in der Zeitung. Dort wurden hochpreisige Waren präsentiert, die man für das anstehende Weihnachtsfest erwerben solle, solange sie noch vorrätigen seien.

Ein kurzer Klingelton. Wer stand am späten Nachmittag vor meiner Tür? Der Postbote war auf seiner Tour schon weiter. Niemand hatte sich angemeldet.

Ich erhob mich, bewegte mich intuitiv zur Haustür und öffnete sie. Vor mir standen, etwas entfernt auf dem Gehweg, zwei Männer. Der eine älter, mit grauem Haar. Eine schlappe, purpurne Kappe auf dem Kopf, in eine rote, abgenutzte Jacke gezwängt. Darunter eine zu weite, scheußliche Hose und verschmutzte Stiefel.

Daneben, leicht nach hinten versetzt, der jüngere Mann. Kurzer, ungepflegter Vollbart, gekräuseltes Haar. Schmuddeliger Kapuzenpulli, abgetragene, eingerissene Nietenhose, schmierige Springerstiefel. Einen unansehnlichen Rucksack auf dem Rücken. Alles so schwarz wie sein Haar.

«Wie heißen Sie?», fragte der Ältere spontan.

Ich antwortete nicht. Schaute ihn nur überrascht an. Was für eine Frage!

«Wie ist Ihr Name?», wiederholte er.

«Steht auf der Klingel! Sie haben doch hier geschellt», antwortete ich.

«Das müssen nicht unbedingt Sie sein», erklärte er.

Ich warf einen Blick auf den Jüngeren. Er sagte nichts, bewegte sich nicht.

Vorsicht, alter Knabe, schwirrte es mir durch den Kopf. *Da braut sich etwas Seltsames zusammen. Das ist ein einfacher Versuch, Leute zu verwirren. Einer verwickelt das Opfer in ein belangloses Gespräch, um es abzulenken.*

«Ich will mich nur vergewissern», äußerte sich der Alte.

Es war nicht zu erklären. Ich nannte ihm meinen Namen. *Eine große Dummheit*, mahnte meine innere Stimme. Gesagt ist gesagt. Es war nicht mehr rückgängig zu machen.

«Und Ihr Vorname?», kam es sofort hinterher.

Ein dreister Gauner! Ich wurde argwöhnisch und mutiger. «Das geht Sie nichts an!», ließ ich ihn mit deutlicher Stimme wissen.

«Nur noch Ihren Vornamen. Sonst nichts mehr!», meinte er.

So ein durchtriebener Alter. Mit allen Wassern gewaschen. Verunsicherte die Leute wohl durch immer wieder neue Fragen. Bedrängte das Gegenüber. Verschaffte in einem geeigneten Augenblick den Zugang zur Wohnung für seinen Kumpan, der sie ausrauben würde. Das konnte man alles in der Zeitung lesen.

Beende das Gespräch! Schließe die Tür, meldete sich erneut die innere Stimme.

«Den Vornamen», eine fast freundliche Anrede.

Das war nicht auszuhalten. Eine unverfrorene Masche! Ich sah mich schon überrumpelt. Die Polizei warnte immer wieder vor Trickbetrügern.

Erneut beobachtete ich die beiden misstrauisch. Sie bewegten sich nicht. Ich wich einen Schritt zurück und drückte die Tür weiter zu.

«Den Vornamen. Bitte!», wiederholte er fast bettelnd.

Er ließ nicht nach. Was steckte bloß dahinter? Während ich mich zurückzog, rutschte mir unkontrolliert der Vorname heraus.

Die gleiche Einfältigkeit wie eben, raunte meine Stimme.

Der Ältere kam gezielt auf mich zu. Ich konnte nicht

mehr reagieren. Das Unheil nahm seinen Lauf. Er streckte seine Hand nach mir aus.

«Hier, Ihre Kreditkarte!»

Er drückte sie mir in die Hand, drehte sich um und ging, ohne ein weiteres Wort zu verlieren, mit seinem Gefährten davon.

Ich stand da. Angewurzelt. Zitterte am ganzen Leib. Konnte nichts mehr sagen. Konnte nichts nachrufen. Wusste nicht, wie mir geschah.

Dann schaute ich auf die Kreditkarte. Das war – das war meine Kreditkarte. Ich hatte sie in meinem Portemonnaie gewähnt. *Habe ich sie liegen lassen, verloren? Wann und wo?*

Langsam beruhigte ich mich und trat vor das Haus. Wollte mich bedanken. Fragen, was ich ihnen schuldig war.

Doch es ist niemand mehr zu finden. Nur weit hinten auf der Straße gingen zwei. Einer in roter Jacke mit roter Kappe. Daneben einer in ganz Schwarz mit Rucksack auf dem Rücken.

Ich schaute ihnen nach. Sie wurden immer kleiner.

Wie lange ich dort regungslos und gedankenlos stand, weiß ich nicht. Der innere Schleier lichtete sich allmählich. Dann erst begriff ich das Geschehen. Das konnte nur St. Nikolaus mit Hans Muff gewesen sein. Natürlich, es war mit Sicherheit St. Nikolaus. Es wurde mir unverhohlen klar: *Und es gibt ihn doch!*

Lieber Weihnachtsmann

Anni Wollrath

Lieber Weihnachtsmann,
ich wünsche mir, dass mein Papa und meine Mama sich
wieder lieb haben. Mein Papa wohnt in einer anderen
Stadt, ich weiß nicht genau, wie sie heißt. Aber sie ist
weit weg, deswegen kann ich nicht allein hinfahren
und Papa besuchen. Manchmal haben wir ein
Umgangswochenende. Das ist aber nicht so schön,
wir können nicht so tolle Sachen machen wie früher
mit Mama zusammen.
Wenn Weihnachten vorbei ist, werde ich bald sieben Jahre
alt. Im letzten Jahr habe ich Mama viel geholfen. Wenn ich
Mama helfe, ist sie nicht mehr so traurig. Ich kann schon
sechs Flaschen Sprudel nach oben bringen. Und zum
Geburtstag habe ich Mama Blumen geschenkt. So wie
Papa es früher gemacht hat. Die Blumen waren aus dem
Garten von Frau Schreiber. Das hat Frau Schreiber nicht
gefallen. Ich wusste nicht, dass man auch zum Geburtstag
extra fragen muss. Deswegen hat Frau Schreiber bei uns
geklingelt und es Mama gesagt. Da hat Mama geweint,

und Frau Schreiber hat zu Mama gesagt: «Ach so. Ach ja.
Der arme Junge.»
Mama weint oft. Dann bin ich auch traurig. Aber meist
tue ich so, als ob ich es nicht merke. Dann bringe ich den
Müll runter, damit sie sich wieder freut.
Ich und Mama kümmern uns auch um die Wohnung. Ich
kann sogar schon Staub wischen. Im Sommer haben wir
die Bilder weggemacht, die über dem Sofa hingen. Auf
einem sitze ich bei Papa auf der Schulter, Papa lacht, und
ich winke. Und auf dem anderen Bild hat Papa die Mama
im Arm und die Mama ein Baby. Das Baby bin ich. Als
die Bilder weg waren, waren lauter dunkle Ränder an der
Wand. Mama und ich haben dann ein Bild gemalt. Es
ist groß und ganz bunt. Das haben wir einfach über die
Ränder gehängt. Da war alles wieder schön.
Papa hat Mama zu Weihnachten immer Parfüm
geschenkt. Jetzt mache ich das. In meinem Sparschwein
war ganz viel Geld. Damit bin ich in die Drogerie
gegangen. Die Verkäuferin war sehr nett. Ich habe ein
kleines Fläschchen bekommen und noch Geld zurück.
Dann hat sie das Parfüm eingepackt und eine dicke
Schleife obendrauf gemacht. Das schenke ich Mama am
Heiligen Abend. Dann freut sie sich. Die andere Frau,
die noch im Geschäft war, hat zu der netten Verkäuferin
gesagt: «Ja, ja, so ist das heute. Das arme Kind.»
Lieber Weihnachtsmann, kannst du das Geld, was
ich übrig habe, dem Papa geben? Ich lege es nachher
zusammen mit dem Brief vors Fenster. Dann kann sich
Papa eine Fahrkarte kaufen und Weihnachten zu uns
kommen und hierbleiben.

Wir haben auch schon einen Weihnachtsbaum. Er ist ganz klein, aber ich habe ihn allein in unser Wohnzimmer getragen. Jetzt riecht hier alles nach Weihnachten. Meinst du, Papa macht die Spitze oben auf den Weihnachtsbaum, wenn ich nicht drankomme?

Kannst du Papa auch sagen, dass Mama und ich ihn lieb haben? Mama hat Frau Schreiber erzählt, dass sie ihm seinen Fehltritt längst verziehen hat. Ich glaube, er ist damals über den Teppich im Flur gestolpert. Den werfen wir einfach weg, dann hat er keinen Fehltritt mehr. Und wenn Papa wieder bei uns ist, gehen wir alle drei zusammen in die Drogerie. Dann sieht jeder, dass wir eine richtige Familie sind, und keiner kann mehr sagen: «Ach ja, das arme Kind.»

Liebe Grüße, Dein Hannes

Eine Eins mit Stern

Vera Schönmann

In der Vorweihnachtszeit werden in der Schule verschiedene Rituale gepflegt. Adventskränze ziehen in die Klassenzimmer ein, wobei stets besondere Vorsicht geboten ist. Die Schüler:innen üben sich darin, ihre Wichtelgeheimnisse nicht vor der Klassenleiterstunde am letzten Schultag auszutauschen – was selten gelingt.

Ich lasse gerne zu Beginn der Deutschstunde Weihnachtsgeschichten vorlesen. Das Tafellicht spendet den Lesenden Helligkeit, der Rest des Raumes ist dunkel, wodurch eine besondere Atmosphäre kreiert wird. Falls vorhanden, kommt an dieser Stelle auch der Adventskranz zum Einsatz. Vergesse ich es, oder die Zeit ist knapp, blicke ich in irritierte Kindergesichter: «Lesen wir heute keine Geschichte?»

Am letzten Schultag sind alle, Lernende und Lehrende, stets zum Weihnachtssingen auf dem Schulhof eingeladen – immer weniger Sänger:innen sind textsicher, sodass in Zukunft mehr Liedtexte kopiert werden sollten.

In diesem Schuljahr wurden die Schüler:innen der fünften Klassen zum Beginn der Adventszeit mit den Ergebnissen ihrer Grammatiktests konfrontiert. Manchen sollte man die Möglichkeit eines Ausgleichs geben, kam es mir in den Sinn.

Mir fiel das Gedicht *Die Weihnachtsmaus* von James Krüss ein, welches ich als Kind sehr gerngehabt hatte, und ich verkündete: «Wer das Gedicht am letzten Schultag vortragen kann, bekommt eine Eins!»

Ich brachte das Gedicht in der kommenden Stunde mit. Während ich es zum ersten Mal vorlas, beschlich die meisten Schüler:innen die Frage danach, wer mit der «Weihnachtsmaus», die in dem Gedicht ihr Unwesen trieb, gemeint sein könnte. Manche kicherten. Ich fragte, welche Gedichte sie noch aus der Grundschule kannten. «Advent, Advent, ein Lichtlein brennt …», wurde zitiert. Auch die ersten Zeilen von Eichendorffs *Weihnachten* waren bekannt («Markt und Straßen …»). Ein Schüler sagte zwei Strophen von Goethes *Zauberlehrling* auf, was beeindruckte, aber nicht in die Jahreszeit passte.

Man konnte eine gewisse Anspannung im Raum wahrnehmen, einige überlegten wohl, ob sie die Herausforderung annehmen und das vorgestellte Gedicht auswendig lernen sollten, um es letztlich vor der ganzen Klasse vorzutragen. Offen blieb, was dabei die größere Herausforderung darstellen würde: der Prozess des Auswendiglernens oder die Rezitation vor den Mitschüler:innen. Auch ich war gespannt, wie viele Kinder sich in der letzten Deutschstunde melden würden.

Eine Woche davor erreichte mich die Mail eines Schülers, der einen Tippfehler im Gedichtstext entdeckt hatte und mich darauf aufmerksam machen wollte. Wenigstens einer probiert es, dachte ich zufrieden. Es war wirklich schwer abzuschätzen, wie vielen Schüler:innen es gelingen würde.

Dann war sie da, die letzte Stunde vor den Ferien. Meine Mutter hatte geschätzt, dass sich viele Kinder melden würden – ich war skeptisch. Ich stellte die Fragen aller Fragen: «Wer ist bereit, *Die Weihnachtsmaus* vorzutragen?»

Zwei Schüler meldeten sich, und die Vorfreude der Klasse lag in der Luft. Der erste Vortrag war etwas zügig, wahrscheinlich hatte der Schüler Angst, Verse zu vergessen, wenn er die Geschwindigkeit reduzierte. Sein Publikum war dennoch tief beeindruckt und spendete ihm Applaus.

Der zweite Schüler nahm sich mehr Zeit für die Betonung einzelner Wörter – auch sein Vortrag war fast fehlerfrei. Nachdem die Klasse erneut applaudiert hatte, teilte er mit, dass er eine zusätzliche Strophe verfasst habe, und erkundigte sich, ob er diese auch vortragen dürfe. Es wurde noch stiller als zuvor, und alle lauschten gespannt der selbst gedichteten Zusatzstrophe. Die Schüler:innen waren sofort hellauf begeistert, und ich überlegte, was die Steigerung einer Eins sein könnte – die es im Notensystem in Rheinland-Pfalz für die fünfte Klasse übrigens nicht gab.

«Eine Eins mit Stern!», teilte ich dem Schüler mit.

«Ist das eine Eins Plus?», erkundigte sich prompt eine Schülerin.

«Ja», antwortete ich, «und genau so werde ich es auch in mein Notenbuch eintragen.» Die Vortragenden erzählten mit leuchtenden Augen, dass sie das Gedicht am Weihnachtstag ihren Familien präsentieren würden.

Der Gedichtvortrag zur Weihnachtszeit hat eine lange Tradition. Leider sind damit bei vielen Menschen nicht nur positive Erinnerungen verbunden. Eine gewisse Freiwilligkeit ist somit der wahre Weg zur Begeisterung für die Poesie.

Ode an die Weihnacht

Christian Metzner

Am Heiligabend des Jahres 1945 betrachtete der siebenundvierzigjährige Eduard den herunterhängenden leeren Ärmel an der rechten Seite seines Mantels im großen Spiegel neben der Wohnungstür. Ungern hatte er ihn angezogen, nachdem seine Nachbarin Marianne ihm die Krawatte gebunden und den Schal umgelegt hatte. Mit «Herr Professor» hatte sie den Satz begonnen und gesagt, er solle ihr doch den Gefallen tun und mitkommen, das würde ihn sicher auf andere Gedanken bringen. Sie hatte ihm geholfen, wo und wann immer sie konnte, seit er aus dem Krieg zurückgekehrt war. Niemals hatte sie irgendetwas dafür verlangt oder eine Gegenleistung gewollt.

Als sie das Haus verließen, sah Eduard trübdunkles Grau als die alles beherrschende Farbe der Umgebung. Dichte Wolken verharrten reglos am Himmel und überschatteten die in Süddeutschland gelegene Kleinstadt. Mit der nasskalten Luft stieg Eduard der muffig-rostige Geruch in die Nase, der von Häuserruinen und riesigen Schutthaufen ausging.

Er dachte an die Wohltaten der Militärbesatzer, während sie langsam in Richtung Marktplatz gingen; immer wieder mussten sie dabei um die mit öligem Schmutzwasser gefüllten Schlaglöcher herumgehen.

Ein Holzscheit und eine Kerze pro Person waren an die Bevölkerung ausgeteilt worden. Der Stadtkommandant hatte mit Hochdruck dafür gesorgt, dass diese gute Tat in der Zeitung auf der ersten Seite als Sensation verkündet wurde. Verschwiegen hatte er allerdings, dass diese Ration nicht nur für die Weihnachtszeit, sondern für den gesamten Winter reichen musste, mehr würde es nicht geben.

Eduard hätte sein Holz am liebsten sofort verfeuert und das Licht seiner roten, großen Kerze gleich zum Lesen verwandt. Doch schon am Tag nach Austeilung der Gaben war eine Botschaft von Haus zu Haus gegangen. Alle Menschen im Ort sollten ihr Holz und ihre Kerze für den Heiligen Abend aufsparen. Wenigstens in dieser einen Nacht würde so die Kälte aus den Wohnungen und die Dunkelheit aus der Stadt verbannt werden. Um sechs Uhr abends sollten alle ihre Kerze ins Fenster stellen und anzünden, während das im Ofen knisternde Holz für wohlige Wärme sorgen würde. Wo die Fenster kaputt und die Lücken mit Holzplatten zugenagelt waren, würden die Menschen Windlichter davor auf dem Fensterbrett platzieren.

Eduard hielt wenig von der Idee und ließ sich nicht anstecken. Etwas beeindruckt war er dennoch. Drei Frauen grüßten im Vorbeigehen freundlich mit «Frohe Weihnachten». Eduard wollte den Hut ziehen und vergaß für eine Sekunde, dass er an der rechten Seite keinen Arm mehr hatte. Bis er seinen linken bewegen konnte, waren sie längst vorüber. So beschloss er, seinen Hut für den Rest des Abends einfach aufzulassen, Höflichkeit hin oder her.

Mit der Sonne ging auch das traurige Grau der Schutthaufen unter. Doch das hob Eduards Stimmung erst mal
nicht, bis er einen längst vergessenen Geruch wahrnahm.
Der Duft von Kartoffelpuffern und Bratwürsten lag in der
Luft, sogleich erschienen viele Lichter in der Ferne. Überrascht vernahm er ein Stimmengewirr, das meistens ent-
steht, wenn sich viele Menschen auf einem Fleck unterhal-
ten. Eduard hatte diese Geräusche völlig vergessen.

Durch den fürchterlichen Krieg hatte es seit Jahren keine Jahrmärkte oder Weihnachtsmärkte gegeben. In der Zeit
der Bombardierungen war man ohnehin froh gewesen, das
Haus nicht unnötig verlassen zu müssen. Nach Kriegsen-
de hatten die Besatzer ein Versammlungsverbot und eine
nächtliche Ausgangssperre verhängt. Für den Heiligen
Abend hatten sie beides wieder aufgehoben.

Als sie den Weihnachtsmarkt betraten, war Eduard fast
angetan von dem, was die Menschen dort auf die Beine gestellt hatten. Er dachte daran, wie im Krieg das ganze Land
wegen drohender Bombenangriffe verdunkelt werden musste und Lichter aus der Öffentlichkeit verbannt worden waren.

Die Buden wirkten wahllos zusammengewürfelt. Manche
sahen schön und ebenmäßig aus, andere hingegen waren
aus verschiedenen Holzlatten zusammengezimmert. Aber
alle verbreiteten ein warmes Licht und boten etwas an, das
es sonst kaum oder gar nicht mehr gab. Auf dem Karussell
sah Eduard seit langer Zeit wieder lachende Kinder auf nos-
talgischen weißen Pferden, die sich auf und ab bewegten.
Wartende Mütter, Großmütter und Großväter winkten ihnen bei jeder Runde zu. Väter waren keine mehr da. Sie waren gefallen, vermisst oder in Kriegsgefangenschaft.

Marianne erzählte, dass der Weihnachtsmarkt vor allem Kindern eine Freude bereiten sollte. Durch Spenden war der Strom bezahlt worden, und alle durften umsonst Karussell fahren. Nach einer Sammelaktion im Advent waren auch genügend Lebensmittelmarken zusammengekommen, um jedem Kind eine Bratwurst oder eine Portion Kartoffelpuffer zu spendieren. Im Vorbeigehen sah Eduard mit Senf beschmierte Kindermündchen und war beinahe gerührt. Marianne befand, die elektrischen Kerzen am Christbaum flackerten, als wären sie echt. Als Eduard nüchtern erwiderte, das sei nur der Wackelkontakt, hakte sie sich an der linken Seite bei ihm unter und zog ihn hinein ins Getümmel. Ihm war das gar nicht unrecht, und er sah, wie glücklich die Menschen waren, sich wieder treffen und einfach umherbummeln zu können. Es gab jetzt wieder ein Leben in der Öffentlichkeit, und niemand musste mehr zu Hause bleiben.

An einer Würfelbude gewann jemand ein Weihnachtsbäumchen im Topf. Er trug es feierlich vor sich her, und alle Umstehenden freuten sich mit ihm. An einem Stand kaufte Eduard eine alte schöne Weihnachtskarte für Marianne. Er bezahlte mit drei Zigaretten, es waren die einzigen Zahlungsmittel neben Lebensmittelkarten, und sie umarmte ihn dafür. Als die beiden Kartoffelpuffer essen wollten, erklang von der Mitte des Weihnachtsmarktes her eine Melodie. Abrupt blieb er stehen.

Wieder sah Eduard die abgebröckelten Wände des Luftschutzkellers vor sich. Wieder hörte er die Sirenen heulen, damals, an einem Abend im Dezember 1943. Alle waren bei dem ohrenbetäubenden Lärm nach unten geeilt. Die Luft im Keller war stickig. Fast vierzig Menschen waren zusammengepfercht. Lampen aus Blechschalen an der niedrigen Decke verbreiteten fahles Licht und flackerten zuweilen heftig. An den Wänden hingen dicke rostige Rohre, aus denen sie immer wieder bedrohliche Geräusche hörten.

Den einzigen Schemel hatten sie einer älteren Frau gegeben. Wer noch seinen Mantel hatte mitnehmen können, breitete ihn aus und teilte mit demjenigen, der keinen hatte.

Eduard kniete in einer Ecke mit Blättern und Skizzen vor sich. Unaufhörlich schrieb er an seinen Noten, strich ganze Takte und fügte neue ein. Die fertigen Seiten häuften sich neben ihm. Der Boden war kalt, und überall lag Dreck von Ratten und Mäusen. Er bemerkte es nicht. Ständig gab es Detonationen. Jedes Mal konnte man spüren, wie die Erde bebte und wie die Wände hin und her schwankten. Große Staubwolken fielen von der Decke. Bald waren Haare und Kleidung fast vollständig mit Mörtelstaub bedeckt. Es kümmerte niemanden.

Eduard schrieb unbeirrt immer weiter. Mit jeder Notenzeile wuchs seine Entschlossenheit. Er wusste, kein Krieg und kein Naziterror konnten ihn heute aufhalten. Immer wieder schrie jemand vor Angst oder weinte leise. Doch wenn es für wenige Minuten still war, konnte man die kratzenden Geräusche von Eduards Federhalter im ganzen Luftschutzkeller hören. Er war überzeugt, sie konnten ihn vernichten, aber nicht seine Ideen und nicht seine Gedanken. Im Donner der Bomben taufte er seine Komposition im Luftschutzkeller «Ode an die Weihnacht – gegen die anhaltende Dunkelheit».

Er erinnerte sich, wie die Nazis das Stück kurz darauf

verboten hatten, wie vieles andere, was den Menschen Freude bereitete. Eduard hatten sie in eine graue Uniform gesteckt und an die Front verfrachtet.

Eduard sah auf, und sein Blick fiel auf den hell erleuchteten Weihnachtsbaum. Zum ersten Mal überhaupt hörte er die Melodie, wie sie von einer Handvoll junger Leute mit Violinen und Cello gespielt wurde. Immer mehr Menschen versammelten sich vor den Musikern. Unter dem Beifall der Menge spiegelte sich ein Lächeln in Eduards Augen. Sein Bollwerk gegen Terror und Krieg hatte überlebt.

Herr J. kommt nach Hause

Johannes Hilliges

Gedankenverloren schaute Herr J. aus dem Fenster des Zuges in die graue Winterlandschaft hinaus. Es dämmerte bereits, und erste Lichter ließen erahnen, wo sich kleine Dörfer oder auch nur einzelne Gehöfte in die hügelige Landschaft schmiegten. Das gleichmäßige Rattern des Zuges machte schläfrig, und Herr J. überließ sich seinen Gedanken und Erinnerungen, die wie Wolkenfetzen gemächlich durch seinen Kopf wanderten.

Schon vor langer Zeit hatte er angekündigt, in diesem Jahr zum Fest nach Hause zu kommen. Er hatte Briefe geschrieben und sorgfältig darauf geachtet, dass der Absender auch gut zu lesen war, damit man ihm antworten konnte. Aber er hatte stets vergeblich den Briefträger abgewartet und neugierig den Briefkasten geöffnet.

Nun, dachte er, das Briefschreiben ist ja auch nicht jedem gegeben. Das konnte er verstehen, also schrieb er auch E-Mails, er war schließlich nicht von gestern und nutzte alle sozialen Medien, die er beherrschte, doch es gab nie eine Reaktion oder Antwort. Merkwürdig.

Schließlich hatte Herr J. seine Fahrkarte gebucht, seine

Ankunftszeit durchgegeben – er wollte ja niemanden überraschen und schon gleich nicht überrumpeln – und war am Morgen in aller Frühe in seinen Zug gestiegen. Der war tatsächlich auch pünktlich abgefahren. Doch sooft er auch jetzt noch auf sein Handy schaute – es zeigte keine neue Nachricht an.

Wie hatte er sich auf das Nachhausekommen gefreut! Aber nein, korrigierte er sich, sie werden mich bei diesem Schneegestöber doch nicht den Weg nach Hause laufen lassen, sicher werden sie mich abholen! Woran wir uns auf dem Bahnsteig wohl erkennen werden?

Herr J. wunderte sich; aber statt dem aufkeimenden Gefühl der Enttäuschung Raum zu geben, malte er sich aus, wie es wohl sein würde – nach so langer Zeit wieder durch seine Heimatstadt zu laufen. Würde sich wohl viel verändert haben? Was würde er noch wiedererkennen? Ungezählte Male war er in Gedanken den Weg vom Bahnhof durch die Innenstadt nach Hause gegangen. Und wenn er sich dann ausmalte, wie er durch das mächtige Tor hindurchgehen und auf das prächtige Portal der stattlichen Villa zusteuern würde, fing sein Herz schneller an zu schlagen, und die große Vorfreude gewann wieder die Oberhand! Hoffentlich verpassen wir uns nicht …

An dieser Stelle zerfaserten seine Gedanken und verloren sich in den Erinnerungen an früher, während draußen das Schneetreiben immer dichter wurde.

Schließlich kündigte die immer gleichmäßig freundliche Stimme aus dem Lautsprecher den Zielbahnhof von Herrn J. an. Er erhob sich, atmete tief durch und reckte sich nach seinem Mantel, der hinter ihm an einem Haken hing. Gemächlich schlüpfte er in die Ärmel, kontrollierte Mütze und Schal in den Taschen, holte seinen Koffer aus der Ablage herunter und begab sich zum Ausgang. Der Zug verringerte bereits sein Tempo, und Herr J. konnte nur schwer das Gefühl der Ungeduld unterdrücken. Vergeblich versuchte er, irgendetwas in der vorbeihuschenden Landschaft zu erkennen, die sich mehr und mehr in das Lichtermeer einer Stadt verwandelte. «Ausstieg in Fahrtrichtung rechts» hörte Herr J. noch – dann erschien auch schon der hell erleuchtete Bahnsteig. Mit sanftem Ruck kam der Zug zum Stehen. Mit einem Piepton löste sich die Zentralverriegelung der Zugtür. Herr J. nahm behutsam die beiden Stufen – und stand auf dem Bahnsteig: Angekommen! Und sogar pünktlich!

Er ließ seinen Blick den Bahnsteig hinauf- und hinunterschweifen – er war tatsächlich der einzige Zugreisende, der hier ausgestiegen war. Nach wenigen Augenblicken setzte sich der Zug langsam wieder in Bewegung und war schließlich nur noch an seinen immer kleiner werdenden Rücklichtern vage im Schneetreiben zu erkennen.

Noch konnte Herr J. niemanden sehen, der Anstalten machte, einen Zugreisenden vom Bahnsteig abzuholen. Es war überhaupt weit und breit kein Mensch zu sehen. Ich kann ja schon mal langsam zum Ausgang gehen, dachte sich Herr J. und ging auf das Bahnhofsgebäude zu, durchquerte es und kam auf den Bahnhofsvorplatz, den eine prächtige, lichtergeschmückte Tanne zierte. Doch auch hier schien niemand auf ihn zu warten. Die wenigen parkenden Autos trugen alle eine üppige Schneehaube und sahen nicht so aus, als wenn sie erst vor Kurzem hergekommen wären, um jemanden abzuholen.

Herr J. seufzte kurz auf: Er hatte schließlich auch nicht ausdrücklich darum gebeten, abgeholt zu werden; sicher hatte jetzt auch jeder alle Hände voll mit letzten Vorbereitungen für das Fest zu tun, und alle würden sich darauf verlassen, dass er den Heimweg auch nach so vielen Jahren sicher noch finden würde! «Und sie haben ja auch recht», murmelte Herr J. aufseufzend, zog die Mütze über beide Ohren, wickelte sich sorgfältig den Schal um, schloss den Mantel bis ganz oben und griff energisch nach seinem Koffer.

Kurz musste er sich orientieren: Ja natürlich, jetzt erkannte er alles wieder – die Kreuzung dort drüben musste er nehmen und dann den Weg durch die Innenstadt.

Herr J. stapfte los, inzwischen war es ganz dunkel geworden, und alles lag im gelblich fahlen Licht der Straßenlaternen. Aus der Hauptstraße durch die Innenstadt war inzwischen eine Fußgängerzone geworden. Der kleine Bäcker an der Ecke hatte sich zu einem festlich erleuchteten Café gemausert, und überhaupt war überall zu sehen, dass aus dem etwas verstaubten Provinzstädtchen eine moderne Einkaufsstadt geworden war. Anerkennend nickte Herr J. und staunte über die üppige Weihnachtsbeleuchtung, die sich über die Fußgängerzone spannte.

«Ja, passen Sie doch auf», murmelte eine eingemummelte Person, die an ihm vorbeihastete und der er offensichtlich im Weg gestanden hatte.

«Wohl auf Weihnachtsbesuch, was?», sagte lachend eine andere Gestalt im Vorbeieilen.

Und tatsächlich, alle Welt schien es ungemein eilig zu haben, soweit das der immer tiefer werdende Schnee zuließ.

«Jedes Jahr das Gleiche», lachte Herr J. in sich hinein, angesichts der vielen Menschen, denen man ansah, dass ihnen so kurz vorm Fest die Zeit im Nacken saß.

Jetzt schritt er kräftig aus. Am Ende der Fußgängerzone angelangt, bog er nach rechts in eine Seitenstraße ab, dann die zweite links – Herr J. zögerte keinen Augenblick, und es war ihm nun, als wäre er den Weg erst gestern gegangen.

Es war inzwischen sehr still geworden, das dichte Schneetreiben dämpfte jeden Laut. Da kam auch schon das große Tor in den Blick. Herr J. beschleunigte seine Schritte, soweit der schwere Koffer und der tiefe Schnee es zuließen. Die Vorfreude legte ein Lächeln auf sein Gesicht. Zielsicher durchschritt er das Tor und steuerte auf das mächtige Portal zu. Was für ein vertrauter Anblick, diese uralten Türflügel! Über der Pforte leuchtete einladend eine Laterne. Bevor Herr J. läutete, hielt er kurz inne und ließ seinen Blick an der reich verzierten Fassade und den vielen hell erleuchteten Fenstern emporgleiten.

Was für ein Empfang, dachte er, sie haben tatsächlich alles bestens vorbereitet! Das wird ein Fest!

Etwas verwundert musste er allerdings feststellen, dass auf sein Läuten hin niemand öffnete. Auch nachdem er wiederholt und etwas länger den Klingelknopf gedrückt hielt. Wahrscheinlich war wieder so ein Radau im Haus, dass niemand die Klingel hörte. Herr J. konnte sich noch gut an den Umtrieb erinnern, der bei ihm zu Hause immer schon geherrscht hatte. «Also alles beim Alten!», murmelte er lachend in seinen Schal. Die rechte Hand zog er aus dem Handschuh und fischte den Haustürschlüssel aus seiner Manteltasche.

Er hatte sich das so schön vorgestellt: Mit lautem Trara würde die schwere Haustür für ihn aufgerissen werden, und alle hätten ihn unter lauten Willkommensrufen ins Haus gezogen …

«Du bist hoffnungslos romantisch, alter Freund!», tadelte er sich selbst und schloss die schwere Tür auf, als würde er jeden Tag um diese Zeit hier von der Arbeit nach Hause kommen. Ein vertrauter Geruch schlug ihm entgegen und ließ ihn für einen Augenblick die Augen schließen: diese Mischung von Bienenwachskerzen, frischen Weihnachtsplätzchen und Putzmitteln ließ für einen Moment das Gefühl aufkommen, als wäre die Zeit stehen geblieben und er nie fort gewesen.

Erst nach und nach drang Herrn J. das Stimmengewirr ins Bewusstsein, das durch die Eingangshalle schwirrte. Der Raum war voller Leute, die geschäftig hin und her liefen, Türen schlugen, Pakete, Backbleche und Kerzenleuchter, Weihnachtsdeko und Rollen von Geschenkpapier wurden durch die Halle getragen, hier wurde gelacht und gekichert, dort waren schon etwas genervte Kommandos zu hören, und weiter hinten übte jemand auf dem Klavier eine bestimmte Stelle eines bekannten Weihnachtsliedes immer und immer wieder: Kurz – es wimmelte wie in einem Ameisenhaufen. Herr J. setzte langsam den Koffer ab. Er schaute etwas verdutzt – niemand schien seine Ankunft bemerkt zu haben!

«Wer sind denn Sie? Garderobe ist rechts!», rief ihm eine junge Frau im Vorbeieilen zu, ohne eine Antwort abzuwarten.

«Das weiß ich selbst», murmelte Herr J., zog seinen Mantel aus, klopfte den Schnee von der Mütze und verstaute alles sorgfältig auf der geräumigen Garderobe. Dann stellte er sich aufrecht hin, breitete die Arme aus und rief, so laut er konnte: «Ich bin jetzt da!», und setzte dabei sein strahlendstes Lächeln auf.

Doch wie merkwürdig: Niemand schien ihn zu hören. Niemand reagierte. Niemand schien ihn zu sehen. Verstört ließ Herr J. langsam die Arme sinken. Kann man denn so in seine Arbeit vertieft sein? Kann man denn so mit sich selbst beschäftigt sein, dass man es gar nicht mitbekommt, wenn der endlich eintrifft, dem das alles gehört? Wenn der eintrifft, für den das Fest eigentlich ausgerichtet wird?

«Na so was», staunte Herr J. nicht schlecht, «dann machen wir es anders!» Schnellen Schrittes steuerte er genau auf die Mitte der Halle zu, wo sich quasi alle Wege kreuzten, und baute sich dort breitbeinig auf. «Hier bin ich, Leute! Schön, euch wiederzusehen!», rief er unüberhörbar.

Doch die Leute rempelten ihn an, sie warfen ihm ärgerliche Blicke zu und fuhren ihn an: «Merkst du nicht, dass du im Weg stehst?», «Du hast wohl nichts zu tun, was?», «Nun fass doch wenigstens mal mit an!» und «Du bist hier fehl am Platz!».

Verwirrt schaute Herr J. sich um. Erkannte ihn denn niemand? Hatte er sich so verändert? Hatten sie ihn alle vergessen? Ihm selbst fielen zu jedem Gesicht doch noch die Namen ein, er kannte jeden hier! Doch immer wenn er einen flüchtigen Blickkontakt herstellen konnte, war in den Augen kein Wiedererkennen zu bemerken! Konnte das wahr sein? Wo war er hier hineingeraten? Was musste hier inzwischen passiert sein?

Herr J. musste einen Augenblick nachdenken. Doch dann nahm er seinen Koffer und steuerte auf die große und breite Treppe zu, die in die oberen Stockwerke führte, zielstrebig und doch behutsam, um mit niemandem zusammenzustoßen und niemandem in die Quere zu kommen. Er griff mit der rechten Hand den hölzernen Handlauf und begann, die Stufen zu erklimmen, immer bemüht, sich dem Tempo der Leute anzupassen, die vor ihm und hinter ihm die Stufen hinaufeilten. Einige ganz Eilige huschten an ihm vorbei, immer zwei Stufen auf einmal nehmend.

Im ersten Stock angekommen, war Herr J. schon ein wenig aus der Puste. Dann steuerte er auf das nächste Zimmer zu. Er klopfte, drückte die Türklinke herunter; er steckte seinen Kopf durch die Tür – zog ihn vorsichtig und Bescheid wissend wieder zurück und schloss dann die Tür wieder. Nein, auch hier erwartete ihn niemand.

Und so ging er samt Koffer von Tür zu Tür. Er ging weitere Treppen hinauf, immer weiter und immer weiter, durch endlose Korridore, um ungezählte Ecken und Winkel herum, immer höher und höher. Herr J. war jetzt sehr zielstrebig und auch gar nicht mehr außer Atem. Er zögerte an keiner Ecke. Er kannte sich hier schließlich aus – hier, in seinem eigenen Haus. Jetzt war deutlich zu erkennen, dass Herr J. auf der Suche war, und zwar sehr beharrlich und gezielt. Denn er wusste, dass es in seinem Haus ganz bestimmt eine Türe geben würde, hinter der er hoffnungs- und sehnsuchtsvoll erwartet werden würde. Und er war sich sicher: Er würde sie finden.

Wird es deine oder meine Tür sein?

Und wenn du dich jetzt gefragt hast, was denn Herr J. die ganze Zeit in seinem Koffer mit sich herumträgt, kann ich es dir gerne verraten: Für den, der Herrn J. willkommen heißt, wird er seinen Koffer öffnen. Er enthält doch sage und schreibe ein komplettes Festmenü, wie frisch aus der Küche und so köstlich, wie es kein Koch auf Erden kochen kann. Und das Fest wird seinen Anfang nehmen. Mit einem offenen Ende.

Das Jahr, in dem Weihnachten ausfallen sollte

Ute Volkert

Genervt saß Lisa vor einem riesigen Stapel Akten. In diesem Jahr schienen sich alle gegen sie verschworen zu haben. Durch den Zusammenschluss mit einer anderen Firma mussten Hunderte von Daten neu in den PC eingegeben werden. Es war wie verhext. Immer wenn sie einen Stapel abgearbeitet hatte und dachte: «Jetzt hast du es geschafft. Jetzt kann nicht mehr viel nachkommen», dann brachte irgendein Kollege wieder neue Akten. Sie konnte die Überstunden schon nicht mehr zählen, die in den letzten Wochen fällig geworden waren.

Eines Tages stellte sie beim Blick auf das Datum eines Geschäftsbriefs fest, dass es bereits der 1. Dezember war. Da in den Geschäften schon ab Oktober alles weihnachtlich dekoriert und Schokonikoläuse zum Kauf angeboten wurden, war ihr gar nicht aufgefallen, dass die Adventszeit begonnen hatte.

«In diesem Jahr fällt Weihnachten aus», beschloss sie. Nein, sie wollte sich nicht noch zusätzlich Stress machen und abends, wenn sie todmüde nach Hause kam, die Wohnung schmücken, Plätzchen backen und Gäste bewirten. Das Geschenk für ihr Patenkind Lotte und eine Kleinigkeit für deren Schwester Emily hatte sie bereits im September besorgt. Alle anderen waren erwachsen und würden leer ausgehen. Nach dem Stress wollte sie an Weihnachten nur noch die Füße hochlegen und faulenzen. Der liebe Gott würde es ihr schon verzeihen, dass sie dieses Jahr so gar nicht in Weihnachtsstimmung war. Sie fühlte sich in ihrem Herzen leer, und wenn sie abends durch die geschmückten Straßen nach Hause ging, kam sie sich wie eine Fremde vor.

Eine Woche vor Heiligabend rief ihre beste Freundin Daniela an, die Mutter ihres Patenkindes. «Die Kinder quengeln und wollen dich gerne mal besuchen», berichtete sie. «Ich weiß, du bist mit der Arbeit völlig überlastet. Aber du brauchst nichts vorzubereiten. Wir bringen Gewürzkuchen, Stollen und Weihnachtstee mit.»

Einen Moment zögerte Lisa. Sie hatte die beiden Kinder sehr lieb. Vor allem Lotte war mit ihren zwei Jahren ein goldiger kleiner Wirbelwind, den man einfach ins Herz schließen musste. Oft bedauerte Lisa, dass sie die Kinder wegen ihrer Arbeit so selten sehen konnte. Sie gab sich einen Ruck. «Ihr könnt gerne am Wochenende kommen. Aber ich muss euch warnen. In meiner Wohnung ist nichts weihnachtlich geschmückt. Ich habe beschlossen, dass Weihnachten dieses Jahr für mich ausfällt.»

Daniela meinte, dies mache ihr nichts aus, im Gegenteil, sie sei darauf gespannt, ob den Kindern die fehlende Weihnachtsdekoration auffallen würde. Und so verabredeten sie sich für den nächsten Sonntag. Doch nach dem Telefonat überfiel Lisa ein mulmiges Gefühl. Für sie war Weihnachten als Kind die schönste Zeit im Jahr gewesen, erfüllt mit Träumen und Wundern. Was würden die beiden fühlen, wenn ausgerechnet bei ihrer geliebten Tante Lisa von Weihnachtszauber keine Spur zu finden war? Unten im Schrank stand doch die Kiste mit den Weihnachtssachen. Vielleicht könnte sie auf die Schnelle ein bisschen Adventsschmuck herauskramen und aufstellen.

Obwohl es schon spät war, holte sie die Kiste hervor: Obenauf lag die rote Wachstuchdecke mit den goldenen Sternen. Mit wenigen Handgriffen zog sie die jetzige Tischdecke ab, faltete sie zusammen und legte die Sternendecke auf. Darauf stellte sie den Holzadventskranz mit den bunten Teelichtern und den schönen weihnachtlichen Holzfiguren, der als Nächstes in der Kiste lag. Das musste reichen.

Doch dann fiel ihr Blick auf die Tannenzweiglichterkette mit den kleinen roten Kugeln und den weißgoldenen Herz-, Sternen- und Tannenbaumanhängern. Kurz entschlossen räumte sie das Buffet ab, legte die Lichterkette auf und schloss sie an. Der Zauber der Lichter ließ ein Gefühl von Geborgenheit in ihrem Herzen wach werden. Gedankenverloren legte sie eine CD mit Weihnachtsliedern auf, die sie leise mitsummte. Vielleicht könnte sie noch die weißen, mit Goldglitzer bestreuten Fünfzacksterne an die Fenster hängen.

Kaum waren diese mit den Sternen geschmückt, holte sie auch schon das nächste Teil aus der Kiste hervor, bis sich die kahle Wohnung nach und nach in ein Weihnachtsmärchen verwandelte. Lisa merkte gar nicht, dass sie kein einziges Mal an ihren Stress am Arbeitsplatz gedacht hatte. Sie gab sich ganz dem weihnachtlichen Zauber hin. Erst als die Kiste leer war, kam sie zur Besinnung.

«Du musst verrückt sein!» Sie schüttelte über sich selbst den Kopf, als sie ihre liebevoll geschmückte Wohnung betrachtete. Und zum ersten Mal in dieser Adventszeit strahlte die helle Weihnachtsfreude aus ihrem Gesicht. Wie töricht war sie gewesen, sich von der Arbeit die schönste Zeit des Jahres nehmen zu lassen!

Am nächsten Abend ging sie pünktlich nach Hause, nachdem sie sich den ganzen Tag auf das abendliche Plätzchenbacken gefreut hatte. Den folgenden Samstag nutzte sie, um erstmals in diesem Jahr gemütlich über den verschneiten Weihnachtsmarkt zu schlendern, wobei so manches Geschenk in ihrer Tasche verschwand, obwohl sie sich ja mal geschworen hatte, in diesem Jahr keine Geschenke zu kaufen.

Als ihre Freundin Daniela tags darauf mit den zwei Kindern zu Besuch kam, staunte sie nicht schlecht. «Ich dachte, bei dir fällt dieses Jahr Weihnachten aus», sagte sie grinsend mit Blick auf die wunderschöne Weihnachtsdekoration.

«Der liebe Gott hat es anders beschlossen», entgegnete Lisa, «er hat mir zwei Weihnachtsengel geschickt. Die haben dafür gesorgt, dass auch bei mir Weihnachten wird.» Mit großen Augen sahen die Kinder zu ihr auf. Bei Lisa waren zwei Engel gewesen?

«Wie heißen die?», fragte Lotte neugierig.

Lisa lächelte. «Sie heißen Emily und Lotte.»

Die Kinder schauten sich an und strahlten. «Genau wie wir!», verkündete Emily stolz.

Inhalt

Hinweis für die Leserinnen und Leser

Vielleicht haben die hier veröffentlichten Geschichten Sie angeregt, selbst eine Weihnachtsgeschichte zu schreiben.

Wenn Sie sich, liebe Leserinnen und Leser, mit einem Beitrag beteiligen möchten, schicken Sie Ihre Geschichte bitte ausschließlich an folgende Anschrift:

Barbara Mürmann
Postfach 605564
22250 Hamburg
oder per E-Mail: weihnachtsgeschichten@winbot.de

Ihre Geschichte sollte bitte noch unveröffentlicht, nicht länger als 5 Manuskriptseiten (pro Seite 30 Zeilen à 60 Anschläge) und bis spätestens Ende März 2024 eingetroffen sein. Bitte geben Sie Ihren Kontakt an, damit wir Sie anschließend erreichen können.

Von den vielen eingesandten Geschichten hat die eine oder andere durchaus die Chance, wenn nicht in diesem, dann in einem der nächsten Bände der *Weihnachtsgeschichten am Kamin* veröffentlicht zu werden.

* * *

Wir freuen uns über eingereichte Manuskripte, können jedoch weder für sie haften noch sie zurücksenden oder in jedem Fall Korrespondenz darüber führen. Die Einsendung der Manuskripte erfolgt unverbindlich; eine Veröffentlichung kann nicht garantiert werden.

Lea Daume (Hg.)
Ein ganzes Herz voll Weihnachten

Geschichten und Rezepte für die schönste Zeit im Jahr

Dieses Weihnachten wird ein ganz besonderes Fest: Vierzehn Lieblingsautorinnen haben ihre berührendsten Weihnachtsgeschichten aufgeschrieben und ihre festlichsten Rezepte gesammelt. Erzählungen, die erheitern, wärmen und ans Herz gehen. Denn wenn die Weihnachtszeit anbricht, zieht eine besondere Stimmung ein, und es ereignen sich kleine und große Wunder. Es ist die Zeit, Geschichten zu erzählen.

352 Seiten

Die Geschichte der kleinen Johanna, die an Weihnachten das Geheimnis von warmen Pfeffernüssen und Freundschaft erfährt. Die Geschichte einer unwahrscheinlichen Liebe, die in einer Hütte in Dänemark wahr wird. Die Geschichte der Menschen aus dem kleinen Bücherdorf, die sich am Heiligen Abend an einem Ort begegnen, wo niemand die anderen erwartet hätte. Oder die Geschichte der Seemänner, die weit weg von ihren Familien, gestrandet in einem fremden Land, ein ganz besonderes Weihnachtsfest erleben.

Berührende Weihnachtsgeschichten, liebevoll aufgeschrieben und gesammelt in einem herzerwärmenden Weihnachtsbuch. Und am Ende wird alles gut. Denn am Ende wird Weihnachten sein.

Weitere Informationen finden Sie unter **rowohlt.de**